BALLET DE LA POESIE,

DANSÉ A LILLE

PAR LES OFFICIERS DV REGIMENT DES GARDES DE SA MAJESTE'

Le 12. Fevrier 1668.

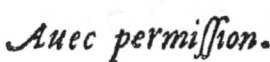

Auec permission.

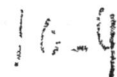

BALLET
DE
LA POESIE,

ARGVMENT.

LA Poëſie inſtruite par la Renommée, du deſſein que les Dames & les Officiers de la ville de Lille ont fait de ſe diuertir, par la repreſentation d'vne Piece de ſon art, quitte ſa Cour Celeſte, pour venir elle-méme augmenter par ſa preſence, vn ſi agreable diuertiſſement, & ſuiuie de la Vertu, de la Gloire & de l'Immortalité qui l'accompagnent ſans ceſſe, fait auec Elles, l'ouuerture du Theatre, par le Dialogue qui ſuit.

DIALOGVE

DE LA POESIE, DE LA VERTU, DE LA GLOIRE ET DE L'IMMORTALITÉ.

LA POESIE.

Mortels ne vous estonnez pas,
De me voir descendre icy bas,
Malgré les perils que la guerre
Fait à present courre en ces lieux,
Ce n'est pas d'aujourd'huy que i'ay quitté les Cieux
Pour venir habiter la Terre.

LA VERTV, LA GLOIRE, ET L'IMMORTALITÉ.

Nous n'auons pas dessein de troubler vos Plaisirs,
Goustez-les donc en paix, goustez-les sans Allarmes,
Et ne vous souuenez, ny du fier bruit des Armes,
Ny vous, Berger, de vos soupirs,
Ny vous, Bergere, de ses larmes,
Et dans ces momens pleins de charmes,
Bannissez de vos cœurs la Crainte & les Desirs.

LA POESIE.

C'est moy seule aux Heros qui partage la gloire,
Et qui par mes augustes sons,
Bien mieux que ne fait pas l'Histoire,
Tire de l'oubly leurs grands Noms,
Pour les eterniser par mes doctes Chansons,
Au sacré Temple de la Gloire.

LA

LA VERTV, LA GLOIRE ET L'IMMORTALITE'.

Nous n'auons pas dessein de troubler vos Plaisirs,
Goustez-les donc en paix, goustez-les sans Allarmes,
Et ne vous souuenez, ny du fier bruit des Armes,
Ny vous, Berger, de vos souspirs,
Ny vous, Bergere, de ses larmes,
Et dans ces momens pleins de charmes,
Bannissez de vos cœurs la Crainte & les Desirs.

LA POESIE,

Vous qui reuerez mes Autels,
Chers nourrissons, heureux mortels,
Ie veux rendre aujourd'huy vostre bon-heur extréme,
Et qu'vn de ces fameux & sçauans Demy-dieux,
En ce moment vienne luy-méme
Faire entendre en ces lieux
Le langage des Dieux.

LA VERTV, LA GLOIRE ET L'IMMORTALITE'.

Nous n'auons pas dessein de troubler vos Plaisirs,
Goustez-les donc en paix, goustez-les sans Allarmes,
Et ne vous souuenez, ny du fier bruit des Armes,
Ny vous, Berger, de vos souspirs,
Ny vous, Bergere, de ses larmes,
Et dans ces momens pleins de charmes,
Bannissez de vos cœurs la Crainte & les Desirs.

La Poësie, Mr. Grenu.

La Vertu, la Gloire & l'Immortalité, Mrs. d'Entieres, Loiarbre, Petit.

PRE-

PREMIERE ENTRE'E.

SUiuant la promesse que la Poësie a faite, d'enuoyer vn de ses Nourrissons pour contribuer par ses Ouurages, au diuertissement public, vn Poëte vient à l'instant dégager sa parole, & aprés auoir dansé quelque temps vn pas qui marque la fureur dont il est saisi, inuoque les Muses qui accourent quatre à son secours, trois desquelles promettent de luy enuoyer des sujets d'exercer sa veine: mais Melpomene à qui la Tragedie est consacrée, le fait resoudre à ne pas escrire dans ce genre-là, en luy faisant connoistre que ces pieces ne peuuent iamais égaler celle du Cinna que l'on va representer, qui seule a atteint dans cét art, la derniere perfection, & qui en est le chef-d'œuure.

Le Poëte. Monsieur de Piles.

Les quatre Muses. Messieurs de Chasteau-gay, le Camus, Mareüil, Vitermont.

Pour le Poëte.

Fauory d'Apollon qui venez en ces Lieux,
Enseigner aux mortels le langage des Dieux,
Ie ne vous pensois pas si sçauant à la Danse,
Et deussiez-vous vous en fascher,
Ie croyois qu'icy comme en France,

Celuy

Celuy qui parloit en cadence,
Rarement y pouuoit marcher.

Pour les quatre Muſes.

Muſes, quand ie vous vois danſer comme vous faites,
Ie me ſens du panchant à vous conter fleuretes;
Mais ce ſeroit en vain, & chez vous autres Sœurs,
On eſcouteroit peu de pareilles douceurs.

Pour Monſieur de Piles. *Poëte.*

Il m'eſt doux, ie l'aduouë, plus qu'on ne peut penſer,
De n'inuoquer iamais ſans me faire exaucer,
Auſſi pour dire vray, ie ſuis fait de maniere,
A pouuoir adoucir la Muſe la plus fiere.

Pour le Marquis de Chaſteau-gay. *Muſe.*

On n'a plus lieu de debattre,
S'il eſt des Muſes ou non,
De conte fait nous voicy quatre,
Sans ce qui garde la maiſon.

Pour Monſieur le Camus. *Muſe.*

Il n'eſt pas queſtion
De parler des abſentes,
Contons ſeulement les preſentes,
Et meme que ſçait-on,
Si parmy ce qu'on voit de nous autres Sçauantes,
On ne trouueroit point quelques Paſſe-volantes?

Mon-

Monſieur de Mareüil. *Muſe.*

I'entre dans voſtre ſens, & ſi ie ne m'abuſe,
On pourroit bien icy reformer quelque Muſe.

Monſieur de Vitermont. *Muſe.*

Ie ne ſçay pas à qui voſtre diſcours s'adreſſe;
Mais ie ſuis ſeure au moins que ce n'eſt pas à moy;
Car ou ſoit par bon-heur, ou ſoit par mon adreſſe,
Dans vne aſſez grande ieuneſſe,
On m'a voulu flatter d'auoir de la Sageſſe,
De l'Eſprit, de l'Honneur, & de la bonne Foy;
Ie n'entends là deſſus ny fineſſe, ny ruſe,
Mais c'eſt aſſez pour eſtre Muſe.

II. ENTRE'E.

CLio ſi ſçauante dans l'Hiſtoire, fait paroiſtre ſix des plus fameux Heros de l'Antiquité; à ſçauoir Cyrus, Alexandre, Pyrhus, Hannibal, Pompée & Ceſar, dont les grandes actions peuuent ſeruir d'illuſtre matiere à des Poëmes Heroiques.

Cyrus, Monſieur de Vitermont. *Alexandre*, Le Cheualier de Rieux. *Pyrhus*, Le Sieur le Grand. *Hannibal*, Monſieur Trottan. *Pompée*, Le Sieur Petit. *Ceſar*, Monſieur de Rouuille.

 Pour

Pour les Heros.

Heros grands Conquerans, fiers Demons de la Guerre,
Qui par mille Combats & mille beaux Exploits,
Auez semé vos Noms aux deux bouts de la Terre,
Et l'auez sçeu ranger toute entiere à vos Loix,
N'estes-vous pas contens des illustres Victoires,
Qui vous rendent fameux dans toutes les Histoires.
Venez-vous pour rauir à nostre ieune Mars,
La Gloire qu'il recherche au milieu des Hasards,
Ou bien pour releuer le Party de l'Espagne,
Qu'il a presqu'abatu la derniere Campagne?
Si vous auez aux cœurs de pareils sentimens;
Ha! rentrez bien plûtost dans vos froids monumens,
Contre luy vous feriez vn effort inutile,
Et ce Monarque seul en terrasseroit mille.
Ie sçay que vous auez pour vous l'Antiquité;
Mais ie suis seur pour luy de la Posterité,
Et malgré cét amas de belles aduantures,
Que de sçauans menteurs de vous nous ont tracés,
Il sera plus fameux chez les Races futures,
Que vous n'auez esté dans les Siecles passez.

Pour le Cheualier de Rieux, *Alexandre.*

Ie suis bien fait de corps, comme estoit Alexandre,
Et ie n'ay pas l'ame moins tendre,
Et si par mes menus Exploits
Ie pouuois ranger sous mes Loix,

Certaine

Certaine place assez difficile à surprendre,
Ie me tiendrois cent fois
Plus heureux qu'Alexandre.

Pour Monsieur de Rouuille , *Cesar.*

Entre Cesar & vous ie treuue du rapport,
Vous auez son Courage, & dedans vostre port
On remarque aisément vn air qui luy ressemble:
Mais ce que vous auez de plus commun ensemble,
C'est de vous voir tous deux sans beaucoup de tourment,
Et sans auoir besoin d'vne extréme Constance,
Treuuer dans vos Amours le bien-heureux moment,
Et tous deux le cacher auec méme Prudence.

Pour Monsieur Trottan , *Hannibal.*

Ie ne sçay pas en quoy ie pourrois ressembler
A ce vaillant Heros de l'ancienne Carthage,
Dont le Bon-heur & le Courage
Firent souuent Rome trembler;
I'ay tousiours passé pour bon homme,
Et n'ay iamais voulu ny bien ny mal à Rome.

III. ENTRÉE.

EVterpe qui preside à la Pastorale, enuoye trois Bergers & trois Bergeres, dont les Amours peuuent seruir au Poëte d'agreables sujets pour compoſer des Chanſons tendres & paſſionnées, & leur Danſe eſt interrompuë par quelques Bergers qui chantent, en forme de Dialogue, les paroles qui ſuiuent.

Berger qui chante, Mr. d'Entieres.

CHANSON DES BERGERS.

Chers Confidens de nos plaiſirs,
Herbes, rochers, claires fontaines,
Et vous petits Zephirs,
Qui venez dans ces plaines,
Méler à nos ſouſpirs
Vos plus douces haleines,
Eſt-il rien de ſi doux
Que d'aimer comme nous ?

Le Chœur des Bergers.

Eſt-il rien de ſi doux
Que d'aimer comme nous ?

Berger qui chante, Mr. Grenu.

AUTRE CHANSON DES BERGERS.

Vaut-il pas mieux eſtre Berger
Pour eſtre aimé d'vne Bergere,
Que d'eſtre Prince, & s'engager
A quelque Maiſtreſſe trop fiere,
Dont ſouuent pour ſe dégager,

On

On voudroit deuenir Berger,
Afin d'aimer vne Bergere :
Est-il rien de si doux
Que l'Amour parmy nous?

Le Chœur des Bergers.

Est-il rien de si doux,
Que l'Amour parmy nous?

Les Bergers chantans, Mrs. Grenu, d'Entieres, Loiarbre, Petit.

Les trois Bergers dansans, Messieurs de Congis, de Chabossiere, Dormoi.

Les trois Bergeres, Messieurs de Vitermont, le Cheualier de Razilly, le Grand.

Pour les Bergers.

Que vous estes heureux, Bergers dans vos Amours!
Quand vous pouuez treuuer des Bergeres fidelles;
Mais quand vous les treuuez volages ou rebelles,
Bergers, que vous passez de miserables iours.

Pour les Bergeres.

Ie ne m'estonne pas, si vous dansez si bien,
Car vous autres Bergeres
Ne tenez presqu'à rien,
Et naturellement vous estes fort legeres.

Pour

Pour Monsieur de Congis, *Berger.*

Ie ne souspire plus pour l'ingratte Bergere,
Qui me tenoit asseruy sous ses loix,
Et le dépit & la cholere,
De voir celuy que me prefere
Son trop iniuste & trop aueugle choix,
Font sur mon cœur tout à la fois,
Ce que son humeur trop seuere,
Et le cruel chagrin de ne pouuoir luy plaire,
N'auoient sçeu faire en quatre mois.

Pour Monsieur de Chabossiere, *Berger.*

Ie merite assez bien d'estre Chef d'vn Troupeau,
Et mieux qu'aucun Berger qui soit dans le hameau,
Ie roulerois sur la fougere,
Ie sçay fort bien quelle Bergere.
On m'accuse à grand tort d'auoir l'humeur legere;
Et souuent d'en conter à quatre en mesme temps,
Car tout le monde sçait aussi bien que moy méme,
Que ie n'ay pas changé depuis plus de trente ans,
Et que i'ay iusqu'icy tousiours aimé de méme.

Pour le Cheualier de Razilly, *Bergere.*

Qui ne me connoistroit, me voyant tousiours rire,
Ne me conteroit pas son amoureux martyre,

Et me iugeroit peu capable de secret,
Car ie parois vn peu legere:
Mais ie suis en effet toute autre qu'on ne croit,
Et quoy que tres-ieune Bergere,
Ie garde fort souuent le troupeau de mon frere.

IV. ENTRE'E.

THalie Mere de la Comedie, ne croit pas trouuer rien de plus propre pour seruir de sujet à vne piece Comique, qu'en enuoyant six Marquis ridicules, & vne fausse Pretieuse, de laquelle ils sont tous six amoureux, & les extrauagances qu'ils luy disent, doiuent fournir d'vne matiere assés plaisante pour vne ouurage de cette nature.

La Pretieuse, Monsieur de Chabossiere.

Les six Marquis ridicules, Messieurs de Congis, de Piles, Mareüil, les Sieurs le Grand, la Chapelle, Petit.

Pour les Marquis ridicules.

Ce n'est pas auec nous qu'il faut faire la fiere,
Madame, nous auons cent qualitez pour plaire;
Aussi l'on nous appelle auec quelque raison,
Les Marquis sans comparaison;
Regardez bien nostre maniere,
Elle approche peu du vulgaire,

Et

Et ſans citer Platon, ny tous ces vieux Autheurs,
Que nous autres Marquis croyons de grands menteurs,
A la pointe ſouuent de quinze ou vingt fleurettes,
Nous ſçauons conqueſter les plus ſuperbes cœurs,
Et toutes les faueurs des plus fieres ſoubrettes,
Ne nous couſtent iamais que deux ou trois douceurs;
Chez nous la ſeule politeſſe,
Peut tirer vn homme du pair,
Et l'Honneur, le Merite, & la haute Sageſſe,
Sont pauuretés ſans le bel air.

Pour la Pretieuſe.

Ie veux croire, mes beaux Marquis,
Que vous auez beaucoup d'acquis,
Vos termes ſont des plus exquis,
Et vos façons delicieuſes;
Mais chez nous autres Pretieuſes,
On croit comme article de foy,
Que quiconque à l'Amour s'engage,
Se met dans vn rude eſclauage,
Et qu'on ne peut ſonger à viure ſous ſa loy,
Sans bannir auſſi-toſt le repos de ſon ame,
Et meſme renoncer à ſes propres attraits;
Car ces deux accidens ſe ſuiuent de bien prés;
Et quand on a le cœur en flâme
On n'a jamais le teint bien frais.

V.

V. ENTRE'E.

A Peine le Poëte a t'il acheué sa derniere piece, que la Critique, qui se plaist à la compagnie des Autheurs, & particulierement des Poëtes, vient rendre visite à celuy-cy, & assistée du iugement, du sçauoir, de la viuacité & de la mode, examine tous ses ouurages, & n'y trouuant pas assés de matiere pour y faire valloir les talens extraordinaires qu'elle a pour la Censure, le quitte brusquement, en luy promettant de luy enuoyer la Renommée pour luy tenir compagnie en sa place.

La Critique, Monsieur de Piles.

Pour la Critique representée par M. de Piles.

Vous dont l'abord toujiours austere,
Remplit de crainte vn pauure Autheur,
Pourquoy changez-vous donc auiourd'huy de maniere ?
Et d'ou vous vient cette douceur,
Je ne comprens pas ce mystere,
Ny ce que vous auez au cœur ?
Mais sur vostre visage, au lieu de la Terreur,
Et d'vn air rude & seuere
Que vous y placez d'ordinaire,
On remarque des traits bien plus propres à plaire,
Que non pas à faire peur.

C VI.

VI. ENTRE'E.

LA Renommée, qui naturellement eſt fort diligente, ne tarde guere à s'acquitter de la commiſſion que la Critique luy a donnée, & aprés auoir admiré quelque temps les ouurages du Poëte, les prend de ſes mains, & pour faire dépit au Silence, auec lequel elle eſt en continuelle guerre, les fait publier ſur le champ par ſes Trompettes, & les emporte en ſuitte pour les ſemer elle meſme par toute la terre.

La Renommée, Monſieur de Piles.

Pour la Renommée.

Prompte & diligente Courriere,
Qui par cent voyages diuers,
Semez en vn moment dans ce vaſte Vniuers
Ce qui ſe fait dans l'vn, & dans l'autre hemiſphere,
Gardez vous d'arracher au ſilence ces vers,
Laiſſez-les dans l'oubly manger à la pouſſiere,
Ils ſont faits pour la nuit, & cherchent le ſecret,
Et ſi vous les forciés de paroiſtre en lumiere,
Ils y paroiſtroient à regret.

Quatre Trompettes, Meſſieurs de Congis, de Chaſteau-gay, Mareüil, le Sieur Petit.

Pour

Pour Monsieur de Congis, *Trompette.*

Si l'on ne m'a pas entendu,
Ie ne manque pourtant, ny de voix, ny d'haleine,
Et si quelqu'vn a pretendu
En faisant bien le sourd, me donner de la peine,
On verra qui de nous aura le plus perdu.

Pour le Marquis de Chasteau-gay, *Trompette.*

Quoy que simple faucet, ie fais assez de bruit,
Et par là sous mes loix i'auois presque reduit,
Malgré quelques Riuaux, le cœur d'vne pucelle,
Ieune, riante & belle;
Mais depuis peu prés d'elle
Vn Blondin me destruit,
Et fait par sa douceur que l'ingratte que i'aime,
Ne m'escoute à present que comme vn faux bourdon,
Et quand ie l'entretiens de mon amour extréme,
La cruelle tousiours me répond sur le Ton,
De Tarare, Tarare, Tarare Ponpon.

FIN.

BALLET
DE LA PVISSANCE D'AMOVR.

DEDIE' AV ROY.

Qui ſe danſera au Ieu de Paume du petit Louure, aux Mareſts du Temple.

A PARIS,
Chez IEAN MARTIN, ſur le Pont S. Michel, à l'Anchre double.

M. DC. XXXIII.

AV ROY.

SIRE,

Ce François qui fait icy des effects admirables de sa valeur, languiroit dedans l'oisiueté apres les auoir faits, s'il n'auoit le bon-heur d'auoir V. M. pour tesmoin de son courage & vne satisfaction trop iuste qu'il a souhaitté de moy; & i'aurois esté moy-mesme trop digne de blasme de ne le vous offrir point, puis que ie le fais paroistre dedans vostre Royaume, & de ne luy pas donner ce contentement. Puis que la loüange est l'vnique prix de la Vertu, c'est tout ce qu'il peut attendre : car estant né François, il n'a plus rien à desirer apres cette action, que de se dire de

V. M.

Le tres-humble, tres-obeïssant, & tres-fidelle sujet & Seruiteur,

VINCENT BONART.

BALLET DE LA PVISSANCE D'AMOVR.

L'AMOVR, cette douce puissance, qui force si rauissamment nos volontez, de quelque sorte que l'on le definisse, ou de Dieu, ou de Passion, il fait tousiours de si admirables effects, qu'il n'a pas encore esté possible d'en bien faire exactement le nombre ; Aussi nous contentons-nous de vous en figurer seulement de trois sortes, dont nous tascherons de vous rendre les effects si visibles qu'à peine en pourra-t'on iamais douter.

Venus, cette belle Deesse de l'Antiquité,

comme mere de ces petites Diuinitez, pour nous authoriser cette croyance paroist auec vn de ces Amours le plus parfait, & possedee elle mesme de ce qu'elle a produit, commande aux habitans de la terre d'en adorer la puissance. Ce petit Amour rauy de la voix de sa mere s'emporte tellement dedans le diuertissement qu'il l'a perd de veuë, & recouure par hazard deux de ses freres que leur mere auoit abandõnez en terre dés long temps, pour les auoir reconnus l'vn fol & l'autre violent: Ils se ioüent quelque temps ensemble; mais celuy-cy connoissant les malices des autres se veut retirer vers sa mere, les autres le veulent suiure, il les chasse d'aupres de luy, & fait tant qu'il se dérobe de leurs yeux. Ils courent les forests & les villages, & agitent chaque mortel diuersement de leur puissance.

Premier Recit de la Mere d'Amour.

Ballet de trois Cupidons.

Vn Sauuage reclus dedans vne forest solitaire se sent épris de ce fol Amour, & plein de malice court les bois & les campagnes, vit de cét Amour auec les bestes feroces, cherche d'estre aimé d'elles, & fait dessein de les proteger: Mais ceux qui parmy les champs sont les plus ciuils ont vne toute contraire passion, & si vehemente pour-

Entrée du Sauuage.

Entrée de trois Chasseurs.

ant qu'ils perdent & repos & repas à la ourſuite des animaux, dont ils ne cherchent que la mort. Mais comme chaque animal appette touſiours la conſeruation de ſon eſtre, ils ſont eſtonnez qu'vn Ours nourry doucement de ce Sauuage, & ſe voyant traitté rudement de ces Chaſſeurs, ſe deffend d'eux, les combat ; & le Sauuage fait paroiſtre contr'eux l'Amour qu'il a pour cét animal, au prejudice de ce qu'ils ſont.

Ballet des Chaſſeurs, du Sauuage & de l'Ours.

L'ardeur de ce combat a tellement émeu les puiſſances du Sauuage, que rencontrant des plus gentils villageois des proches villages, qui tous ioyeux d'aller à la Feſte vont fringant le rocquet & foulant la verdure ; il les deſtrouſſe de leur bagage, change leurs ris en pleurs, & met vne telle terreur dedans leurs eſprits, que perdant courage & contenance ils retournent au village s'en plaindre à leur Seigneur. Il vient ſuiuy de ſon train ordinaire, rode à peu pres le lieu que l'on luy a figuré, & ne pouuant ny découurir le Sauuage ny ſa demeure, iuſte qu'il eſt & paſſionné du bien & du repos de ſes ſubjects, de crainte qu'ils n'en ſoient foulez à l'auenir, il enuoye vn He-

Ballet des Villageois, & des Villageoiſes, & du Sauuage.

Entrée du Prince & de ſa ſuite.

rault par tous les coins du monde, publier qu'à quiconque le pourra vaincre, il promet ſous la loy d'Hymenee de luy bailler ſa fille, dont il en fait porter le pourtraict pour émouuoir les plus vaillans d'entreprendre ce combat, conduits de l'eſpoir de poſſeder la verité de cette morte peinture.

Ballet des Turcs & du Sauuage.

Cette promeſſe eſt vn indicible charme, & la beauté tient ſi abſolument l'empire des cœurs ſans tyrannie, que deux Turcs ſe laiſſant emporter aux appas de cette peinture, viennent leurs armes ordinaires à la main pour combattre le Sauuage, & acheter vne femme au prix de leur ſang. Ils tirent au ſort à qui des deux doit eſtre le combat; vn ſe retire, & le Herault eſt ſpectateur de la deffaicte de l'autre.

Ballet de trois Eſpagnols & du Sauuage.

L'Eſpagne fournit icy trois de ſes Brauaches, qui croyans pluſtoſt vaincre de rodomontades que d'effect, apres auoir conteſté quelque temps qui d'eux oſera bien entreprendre de combattre; en fin deux ſe retirent plus ſatisfaits d'effect que de mine, & l'autre trouuant vn rude ioüeur, accuſe le ſort d'eſtre demeuré pour y perir.

Deux

deux de ces peuples, a qui ce bel aſtre du jour a fait vn maſque noir, en qualité d'eſclaues, precedẽt des Caualliers nouuellement arriuez de Pologne, a qui ce pourtrait a donné dans la veuë : Et mettant la lance à l'arreſt, combattent a qui des deux demeurera pour combattre le Sauuage, & font tant l'vn contre l'autre, qu'vn ſeul reſte pour cét effect auſſi bien que deux Indiens, qui animez ſeulement de la beauté de ceſte peinture, ſont reſolus de paſſer mer & terre, & loing du climat de leur naiſſance rechercher la mort ou la vie pour l'amour.

Entrée de deux Maures.

Ballet des Polonois.

Ballet des Indiens.

Le bruict qui court par toute la terre de la défaite de tant de valeureux, par vn ſeul homme, eſt enfin apporté par ce Herault en cét adorable Royaume, ſi fecõd en vaillants & braues perſonnages : & ne ſçachant plus a qui auoir recours, il employe ce qu'il a d'induſtrie pour amener auecques luy quelques-vns de ces inuincibles courages François : Il n'euſt pas beſoin d'vſer de promeſſes, ce fut aſſez que ils peuſſent comprendre qu'il y auoit dequoy donner à la Poſterité des preuues de leur genereuſe vaillance : Et quoy que l'Amour domine sur les esprits de ces peuples, Mars y preside aussi si égallemẽt, que lon les peut croire aussi guerriers, qu'amoureux, & aussi prompts à vaincre les monstres, que les beautez.

Vn François genereux suit le Herault, & apres auoir franchy mille perils, il arriue auecque luy au lieu du séjour ordinaire de ce cruel Sauuage: il pare sõ bras de l'escu où paroist ce portraict de la recompence qui l'a charmé, & demandant quelque faueur à ce qu'il voit, pour ce qui luy est inuisible : vne forest enchantée par vn mystere paroist en l'air, vne figure qui sert d'organe à Diane pour rendre les Oracles luy fait, & au Herault, fléchir le genoüil, pour attendre d'elle quelque chose de miraculeux : il ne s'est pas si-tost mis en debuoir, qu'entendant vne voix qui l'asseure de la victoire du combat, ceste vision se perd de sa veuë, & il se leue les armes au poing, void le Sauuage, l'attaque, il se deffend: & apres auoir paré ces coups, il fait tant, & par son addresse, & par sa valeur, qu'il vient à bout de ce monstre, dont toute la terre n'eust pû échapper les mortelles at-

Changemẽt de Theatre.

RECIT de l'Oracle

taintes. Le Herault joyeux de céste victoire, court aduertir son Prince de ceste victoire, & le sommer des veritables effects de ses promesses.

Ballet d'vn François, & du Sauuage.

La puissance de ce violent amour n'a pas si-tost paru, que le fol vient occupper la place, & témoigner que quelque petit qu'il soit, il a biẽ eu le pouuoir de vaincre le plus fort des siecles passez: il enuoye pour cét effect vne simple femme, qui fillant sa quenoüille est rencontrée de ce memorable Herault: Et comme les objects émeuuent les Puissances, il est tellement épris de son peu de beauté, qu'il en est foux, au poinct de filer sa quenoüille, & d'en faire échange contr'elle auecque sa massue: Elle recognoist ceste folie amoureuse, l'endort en son giron, & l'abandonne; de là vient que des demy hommes en font ce qu'ils veullent, & l'eussent déualisé de son habit, si Morphée n'eust eu honte de cét accident; & cessant de le posseder, le simple sourcil de la paupiere de ce demy-dieu met ces singes en fuïte; & luy tout fâché de s'estre ainsi negligé, va chercher la cause de son desordre.

Entrée d'Omphale.

Ballet d'Hercule, & Omphale

Ballet des Cercopes.

Les maux suyuent les biens pas à pas, & la tristesse de si prés la joye, qu'à peine les peut-on voir l'vn sans l'autre. Ce Prince quelque juste qu'il soit espreuue bien ceste verité, car il n'a pas si-tost sçeu de son Herault le recit du combat, que rauy de contentement il luy met sa fille entre ces mains pour aller au deuant de ce liberateur des persecutions de son peuple: La joye transporte ceste belle, elle se perd, & rencontre la demeure d'vn tyran qui la rauit, & l'a fait conduire dans son Chasteau, d'où le Herault estant échappé, retourne à son Prince, & ce trouuant auecque ce victorieux François, à peine leur fait-il le recit de ceste triste aduanture, que le François prend congé du Prince, & l'asseure de luy amener bientost sa fille: Il ce met en chemin auec le Herault, mais tandis qu'il va, ceste belle souffre du tyran tant de persecutions, pour conseruer ce qu'elle a de plus cher, que ces refus luy donnent subiet d'estre exposée à la mercy d'vn Dragon, dont ce tyran fait garder l'entrée de sa demeure; Elle souffre ces cruautez, tant elle a d'amour pour sa chasteté; & les Dieux émeus

Ballet de la Nymphe, du Tyran, & de Hercule.

de sa patience, font en fin arriuer le Frãçois, qui cõbat le Dragon, le met à mort, & est encore retenu prisonnier par le tyran: Ce parfaict amour luy donne toutes ces trauerses pour l'éprouuer, le voila doublement captif du corps par le tyran, & de l'esprit par les yeux de sa belle; & toutesfois si iamais prison fut aggreable, c'est la sienne, puis qu'il y possede en quelque sorte ce qu'il desire, & qu'il s'est acquis au prix de sa vaillance.

Entrée du Dragon, & du Frãçois.

Mais ce puissant Dieu d'Amour, qui fait tant de merueille, ne sçauroit d'auantage laisser ces parfaits Amans dans la tyrannie: Il suscite vn Magicien par le ministere de ce Herault, qui par l'ayde de ses Demons force la demeure du tyran, & arriue au poinct que sa rage s'alloit saouler du sang de ce parfait Amant, la belle en priere, le col nud du François, le glaiue du Satalite paroissant tout d'vne veue, & sont en mesme temps déliurez, & ces Demons qui vangent ces Amants, exercent sur ceste trouppe inhumaine ce qu'ils ce peuuent inuenter pour les affliger.

Ballet d'vn Magicien, & des Demons.

Changemẽt de Theatre.

Ballet de cinq Satalites.

Le parfaict Amour est si satisfait de ceste déliurance, qu'il enuoye la Chasteté

RECIT de la Chasteté.

Grand Ballet.

mesme pour chanter l'Epytalame de ce parfait Hymenée ; & Diane mesme suyuie de deux de ces Nymphes, sort de ces forests, & fait sortir du plus proche Chasteau des Caualliers, qu'elle force par la puissance qu'elle a, pour faciliter auecque elle l'heureux succez de ce chaste mariage.

RECIT DE LA MERE D'AMOVR.

Peuples & Rois accourez tous
Des quatre coings du Monde,
Venez recognoistre à genoux
L'appuy de la terre feconde ;
Venez adorer en ces lieux
L'Amour, mon fils, le plus puissant des Dieux.

Quittez vos demeures, Mortels,
Admirez sa puissance,
Faites esleuer des Autels,
Rendez vne humble obeyssance ;
Venez adorer en ces lieux
L'Amour, mon fils, le plus puissant des Dieux.

RECIT DE L'ORACLE.

L'Object peinct dedans cét escu
T'attend apres auoir vaincu
Ce Monstre que tu peux destruire sans obstacle ;
Caualier prends-le donc, asseure-toy d'auoir
Dessus luy le mesme pouuoir,
Suis la voix de l'Oracle.

RECIT DE LA CHASTETE'.

LA Sœur vnique du Soleil
Permet qu'vn superbe appareil
S'appreste pour Syluie;
Suyuez ces traces de si prés,
Que les Myrthes & les Cyprés
Couronnent vostre vie.

Ie suis la mesme Chasteté
Qui preside pour la bonté,
Que tout le monde enuie ;
Suyuez mes traces de si prés,
Que les Myrthes & les Cyprés
Couronnent vostre vie.

ORDRE DES ENTREES DE CE BALLET.

RECIT DE LA MERE D'AMOUR.

Ballet de trois Cupidons.
Entrée du Sauuage.
Entrée de trois Chasseurs.
Ballet des Chasseurs, du Sauuage, & de l'Ours.
Ballet des Villageois & Villageoises, & du Sauuage.
Entrée du Prince, & sa suitte.
Ballet des Turcs, & du Sauuage.
Ballet de trois Espagnols & du Sauuage.
Entrée de deux Maures.
Ballet des Polonois.
Ballet des Indiens.
Changemét de Theatre.

RECIT DE L'ORACLE.

Ballet d'vn François, & du Sauuage.
Entrée d'Onphale.
Ballet d'Hercule & Onphale.
Ballet des Cercopes.
Ballet de la Nymphe, du Tyran, & du Herault.
Entrée du Dragon, & des François.
Ballet d'vn Magicien, & des Demons.
Changemét de Theatre.
Ballet de cinq Satallites.

RECIT DE LA CHASTETE'.

Grand Ballet.

FIN.

VERS
POVR LE BALLET
DE LA REINE,

*REPRESENTANT LA BEAVTE'
& ses Nymphes.*

A PARIS,
Par IEAN SARA, rue S. Iean de Beauuais
deuant les Eschollés de Decret.

M. DC. XVIII.

LA BEAVTE'.
Pour la Reyne.

Ie ſçay bien que les Immortels
Recognoiſſent touts mon Empire,
Et que rien ça bas ne reſpire
Qui ne me doiue des autels:
Mais ie quite ceſte puiſſance
Et me range à l'obeïſſance
D'vn Iuſte & d'vn aimable Roy,
De qui l'ame en vertus feconde
Reçoit autant de vœux de moy
Que i'en reçois de tout le monde.

NYMPHE PREMIERE.
Pour Madame.

Vn nombre d'amants qui m'adorent
Sont venus les larmes aux yeux,
Me proteſter deuant les Dieux
Que mille flammes les deuorent:
Rien que moy ne les peut rauir,
Ils ſont heureux de me ſeruir,
Ne me nomment que leur Deeſſe,
Ne redoubtent que mon courroux
Ceſt hommage, ie le confeſſe,
O Beauté, m'eſt rendu pour vous.

NYMPHE SECONDE.

Pour Madame de Vendoſme.

ON parle de ce Roy des Thraces
Dont les hommes ont fait vn Dieu,
Et l'vniuers n'a point de lieu
Où ſon nom n'ait laiſſé des traces.
Malgré la force & le malheur
Il fit paſſage à ſa valeur
Par les terres les plus eſtranges:
Mais laiſſant tout ce qu'il acquit
Il porta toutes ſes loüanges
A la Beauté qui le vainquit.

NYMPHE TROISIESME.

Pour Madamoiſelle de Verneuil.

LA Beauté, tant elle eſt hardie,
Iadis à Mars oſa rauir
Vn Heros, qu'elle fit ſeruir
A la Princeſſe de Lydie.
On blaſma ceſte laſcheté,
Et ſon renom en fut porté
Moins precieux à la memoire;
Mais ceux qui ſont vaincus par nous
Au lieu d'en obſcurcir leur gloire,
En ſont plus eſtimés de tous.

NYMPHE QVATRIESME.

Pour Madamoiselle de Vendosme.

VNe beauté n'a rien d'amer,
Et quoy que son mespris afflige,
Celuy-là qu'elle desoblige
Ne se peut tenir de l'aimer.
Ses rigueurs sont pleines d'amorce,
Sans elle l'amour est sans force,
Ell' a des coups si glorieux,
Et iette vne si douce flame
Que les plus redoubtez des Dieux
Luy voudroient exposer leur ame.

NYMPHE CINQVIESME.

Pour Madame de Luynes.

DEesse, vous nous arrestez
D'vne si douce seruitude
Qu'on ne peut sans ingratitude
Vous demander nos libertez.
Nos ames sont trop honorees,
Elles ont des chaisnes dorees;
Vn ioug d'inestimable prix.
Aussi les courages plus braues,
Et les plus indomptez esprits
Sont esclaues de vos esclaues.

NYMPHE SIXIESME.
Pour la Comtesse de Rochefort.

AMOVR, *alors que son flambeau*
Fit naistre les cruelles flames
Par qui les grandeurs des Pergames
Furent mises dans le tombeau,
Eut veu sa gloire diffamee,
Et la Grece tant renommee
Eut abusé de sa valeur,
Et fort mal employé sa peine,
Si la cause de ce mal-heur
N'eust esté la beauté d'Helene.

NYMPHE SEPTIESME.
Pour Madamoiselle de Courtenay.

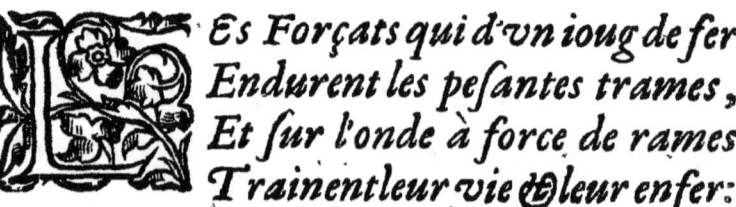

LEs Forçats qui d'vn ioug de fer
Endurent les pesantes trames,
Et sur l'onde à force de rames
Trainent leur vie & leur enfer:
En rompant ce qui les attache
Sortent auant finir leur tasche:
Mais quand nous lions vn amant,
Quoy qu'il veuille éuiter sa peine,
D'vn de nos cheueux seulement
Il ne sçauroit rompre la cheine.

NYMPHE HVICTIESME.
Pour Madamoiſelle Cleinchant.

IL n'eſt point d'ame ſi farouche
De qui l'obiect d'vne Beauté
N'adouciſſe la cruauté
Pour vn ſeul regard qui la touche.
Ceſte Nymphe fille du Ciel
Aux plus mutins oſte le fiel,
Des plus cruels tire des larmes.
Pour elle les meilleurs guerriers
Donneroient à force de charmes
Pour vn Myrte mille Lauriers.

NYMPHE NEVFIESME.
Pour Madamoiſelle Ozoria.

CEux dont le cœur froid comme glace
Eſt ennemy du feu d'Amour,
Comme indignes de ceſte Cour
Ne trouuent point icy de place.
Que ſ'ils en pouuoient approcher,
Euſſent-ils l'ame de rocher,
En voyant des beautez ſi rares
Ils ne ſeroient plus endurcis,
Et ie croy que les plus barbares
Deuiendroient les plus adoucis.

NYMPHE DIXIESME.
Pour Madamoiselle de Mendosse.

VNE beauté lors qu'elle blesse
Auec ses traits tousiours vainqueurs,
Ne laisse iamais dans les cœurs
Aucune pointe de tristesse.
Les plus sages se vont offrir
Aux peines qu'elle fait souffrir,
Tout le monde luy fait hommage,
Et l'Amour seroit à blasmer
S'il ne cherissoit son image,
Qui l'aime & qui le fait aimer.

NYMPHE VNZIESME.
Pour Madamoissélle Bouchauane.

BIEN que ta torche soit brulée,
Que ton carquois n'ait plus de traits,
Que tes graces soient sans attraits,
Amour, entre en cette assemblée:
Vien-toy soubmettre à la mercy
D'vn bel œil qu'on adore icy:
Et quand tu le verras reluire
Par vn miracle nompareil,
Sans mensonge tu pourras dire
Qu'vn aueugle void le Soleil.

RECVEIL
des Vers du Balet de la Reyne.

V. fo 5. v° 6, 7. et 8. du L. 2. des Airs de differens auteurs mis en tablature de Luth par Gabriel Bataille. in 4° 1609.

A PARIS,

Chez TOVSSAINCTS DV BRAY, au Palais, en la galerie des prisonniers.

M. DC. IX.

Ce Ballet a été dansé le 31. Janvier 1609 c'est le troisieme ballet de la Reine Marie de Medicis
R. de Michel Henry p. 115 et 116.
Les parties sont de Mr Chevalier
I. P. 3. Airs. Le 1er Entrée des Americains
II. P. 6. Airs. Le 6me Entrée des Luths.

RECIT DE LA NAIADE

PORTEE SVR VN Dauphin.

CES Ninfes pleines de mespris,
Voyant tant de pauures Esprits,
Qui bruslent d'vne ardeur profane,
Quittent leurs antres & leurs bois,
Et viennent auec leur Diane
Vous donner de meilleures loix.

Les cœurs qui ne sçauent qu'aymer
Apprendront de se reformer
Auec de si chastes exemples,
Et desormais dedans la Cour
On ne trouuera plus de Temples.
Où l'on sacrifie à l'Amour.

Car elles iront détruiſant
Ce Dieu qui vous va ſeduiſant,
Et le faiſant bruſler encore
Au feu de ſon propre flambeau,
De l'Autel meſme où l'on l'adore
Elles en feront ſon Tombeau.

Apres vn coup ſi glorieux
Elles s'en iront dans les Cieux
Pour commencer vne autre guerre,
Et ne croy pas que les mortels
Les puiſſent retenir en terre
Si ce n'eſt auec des autels.

Auſsi bien ne voyons-nous pas
Qu'elles priſent rien icy bas
De toutes les choſes mortelles,
Les hommes les ayment en vain,
Et la fierté d'eſtre ſi belles
Eſt cauſe de tout leur dédain.

Car le juſte orgueil de ſe voir
Si parfaittes dans leur miroir
Endurcit ſi fort leur courage,

Qu'il faut croire que leur Beauté
Qui tient vos ames en seruage
Maintient les leurs en liberté.

Et tant s'en faut qu'en vous blessant
Elles s'allent esiouissant
De ce que leur trait vous surmonte,
Qu'au contraire en blasmant leurs coups
Leurs beaux yeux semblent auoir honte
D'vser leurs armes contre vous.

Mais rien ne les irrite tant
Que de voir qu'on s'alle flattant
En sa vaine perseuerance,
Et qu'vn homme puisse esperer
Par ses pleurs vne recompence
Que les Dieux n'osent desirer.

Reglez doncq si bien vos soupirs
Que mesme en vos plus grands desirs
Vostre cœur demeure insensible,
Et cessant de vous enflamer,
Si c'est quelque chose possible
Adorez-les sans les aymer.

Vers maſculins pour la Chaiſne du meſme Ballet.

NOs eſprits libres & contents
Viuent en ces doux paſſe-temps,
Et par de ſi chaſtes plaiſirs
Banniſſent tous autres deſirs,

La dance, la chaſſe, & les bois,
Nous rendent exemptes des lois
Et des miſeres dont l'Amour
Afflige les cœurs de la Cour.

Et c'eſt pluſtoſt auec cet art
Qu'auec la pointe de ce dard
Que cette trouppe ſe deffant
Des traits de ce cruel Enfant.

Car en changeant tousiours de lieu
Nous empeschons si bien ce Dieu,
Qu'il ne peut s'asseurer des coups
Qu'il pense tirer contre nous.

Ainsi nous defendans de luy.
Et passans nos iours sans ennuy,
Nous essayons de luy rauir
La gloire de nous asseruir.

Il est bien vray qu'en nous sauuant,
Il nous va tousiours poursuyuant,
Et nous poursuit en tant de lieux,
Qu'en fin il entre dans nos yeux.

Mais encor' qu'on puisse penser
Qu'alors il nous doiue offencer,
Pourtant nous n'auons point de peur
Qu'il nous puisse enflamer le cœur.

Car la neige de nostre sein
Empesche si bien son dessein,
Qu'alors qu'il nous pense enflamer
Son feu ne se peut allumer.

Pour le Balet de la Reyne,

LA RENOMMEE.

AV ROY.

PLeine de langues & de voix,
O Roy le miracle des Roys,
Je viens de voir toute la terre:
Et publier en ses deux bouts
Que pour la paix ny pour la guerre
Il n'est rien de pareil à vous.

Par ce bruit ie vous ay donné
Vn re nom qui n'est terminé
Ny de fleuue ny de montagne:
Et par luy j'ay fait desirer
A la troupe que j'accompagne
De vous voir & vous adorer.

Ce ſont douze rares beautez,
Qui de ſi dignes qualitez
Tirent vn cueur à leur ſeruice:
Que leur ſouhaiter plus d'appas,
C'eſt vouloir auec iniuſtice
Plus que les cieux ne peuuent pas.

L'Orient qui de leurs ayeux
Sçait les titres ambitieux,
Donne à leur ſang vn aduantage
Qu'on ne leur peut faire quitter
Sans eſtre yſſu du parentage
Ou de vous, ou de Jupiter.

Tout ce qu'à façonner vn cors
Nature aſſemble de treſors
Eſt en elles ſans artifice:
Et la force de leurs eſprits
D'où jamais n'aproche le vice
Fait encor accroiſtre leur pris.

Elles ſouffrent bien que l'Amour
Par elles face chaque iour
Nouuelles preuues de ſes charmes:

Mais si tost qu'il les veut toucher,
Il reconnoist qu'il n'a point d'armes
Qu'elles ne facent reboucher.

Loin des vaines impressions
De toutes folles passions
La vertu leur aprend à viure:
Et dans la Cour leur fait des lois,
Que Diane auroit peine a suiure
Au plus grand silence des bois.

Vne Reyne qui les conduit
De tant de merueilles reluit,
Que le soleil qui tout surmonte,
Quand mesme il est plus flamboyant,
S'il estoit sensible à la honte.
Se cacheroit en la voyant.

Aussy le temps a beau courir,
Ie la feray tousiours fleurir
Au rang des choses eternelles:
Et non moins que les immortels,
Tant que mon dos aura des elles,
Son image aura des autels.

Grand Roy faites leur bon accueil:
Loüez leur magnanime orgueil,
Que vous seul auez fait ployable:
Et vous acquerez sagement,
Afin de me rendre croyable,
La faueur de leur iugement.

Jusqu'icy vos faits glorieux
Peuuent auoir des enuieux:
Mais quelles ames si farouches
Ozeront douter de ma foy,
Quand on verra leurs belles bouches
Les raconter aueques moy?

LE BALLET DE LA REVENTE DES HABITS DV BALLET & Comedie,

Danſé deuant le Roy, 1655 donné par M. Le Cardinal au palais Royal

PREMIERE PARTIE.

VNe Reuendeuſe accompagnée de deux Crocheteurs, l'vn ſon mary & l'autre ſon pere, auec des crochets & des mannes pleines d'habits, fait le Recit.

Recit d'vne Reuendeuse.

IE ne viens point en qualité
De Nymphe ou de Diuinité,
Tous ces grands noms sont au dessus des nostres:
Qui suis-je donc, à vostre aduis?
Vne Reuendeuse d'habits
Qui chante le Recit tout de mesme qu'vn autre.

Chacun fait cas de mon trafic,
Et je rend seruice au public,
Tout mon plaisir est d'agir pour le vostre:
Et dans l'humeur où je me voy
Ie vous apporte icy dequoy
Faire vn nouueau Ballet des despoüilles de l'autre.

PREMIERE ENTRE'E.

VNe Fripiere couuerte d'habits de Masques fait la premiere Entrée & commande à sa seruante de porter les habits derriere la toille pour habiller les Balladins.

II. ENTRE'E.

Entrée de Vieillards.

LEs quatre fils Emon ſur leur cheual ne voulans eſtre cognus s'habillent en vieux Gaulois, & quatre de leurs enfans ne les cognoiſſans plus viennent leur faire forces ruſes & malices.

III. ENTRE'E.

Les contre-fais.

SCaramouche & Triuelin s'eſtant laiſſés aller à la triſteſſe de la mort de Brignel, reprennent cœur en voulant donner à la Comedie dequoy reparer ſa perte ; prennent des habits de Ballet ſemblables, & l'vn apprenant des pas à l'autre, eſperent en diuertir la Compagnie en ſe contrefaiſant l'vn l'autre agreablement & en cadance.

IV. ENTRÉE.

Deux Amans, & deux Seruantes desguisées en Damoiselles.

DEux Courtaux de Boutiques n'ayans osé aller à la nopce, se desguisent en Gallands, & habillent les deux Chambrieres de leurs Maistres en Damoiselles pour aller danser vne Entrée à la premiere assemblée du quartier.

V. ENTRÉE.

Trois Sobres, six Yurongnes.

SIx Crocheteurs à demy-yures loüent des habits de masques pour se res-joüir au Cabaret entr'eux; mais s'estans enyurez sortent & dansent ensemble, chancellans souuent sans tomber ny sortir hors de cadance, tant ils ont parmy le vin l'oreille faite au son des Violons.

SECONDE PARTIE.

Recit Turquesque.

PREMIERE ENTRE'E.

Entrée des Paysans, & Docteurs.

TRois Païsans prennent les habits de trois Docteurs, lesquels se voyans sans habits sont contrains de prendre ceux des Païsans ; Et pour ne pas estre cognus font les Païsans joüans de la fluste, lors que les Païsans font les Docteurs, quoy qu'ils ne sçachent pas lire dans leurs Liures.

II. ENTREE.

Des Adroits, & Mal-adroits.

VN Bourgeois reuolté se picquant de sa belle danse, quoy que le plus mal-adroit du monde est mocqué par deux de ses amis qui l'accompagnent à la danse, par vne addresse incroyable qu'il veut imiter, & dont il est mocqué de tous ceux qui le voyent danser.

III. ENTRE'E.

Soldats, & Nottaires.

DEux Goujars du Regiment des Gardes lassez de la seruitude de leurs Maistres, se desguisent en Nottaires pour leur faire prester argent en s'obligeans par corps, pour en suite les faire mettre en prison pour se vanger d'eux.

IV. ENTRE'E.

Poltrons & Braues.

DEux Poltrons trauestis en Braues font les Rodomons, contre vn Gascon trauesty en Polichinelle, qui faisant le Poltron en fuyant deuant eux, à la fin les frotte d'importance.

V. ET DERNIERE ENTRE'E.

DEux vieillards eſpouſent deux jeunes filles qui leur apprennent à danſer la Bourée, dont tout le quartier eſtant aduerty leur fait vn Chariuary en les troublans dans leur diuertiſſement.

F I N.

LE BALET DE TVRLVPIN,

repreſenté à Gentilly, deuant
les Letieres du Bois de
Vincẽnnes.

Iouxte la coppie Imprimee à
Nyort, entre le ſigne du Tau-
reau, & Capricorne.

LE

BALET

DE TVRLVPIN representé à Gentilly.

LE Sieur Turlupin parfair en toutes sortes d'ingrediés, & sur tout en actiome de cuisine, voyant que la ieunesse n'auoit dequoy s'escurer les dents en ce venerable & discret siecle des Bachanales, & jugeant que sa renõmee se pourroit diminuer, s'il ne combattoit le silence, qu'vn esprit de Senateur luy voudroit conseiller, en fin monté sur le plus haut coupet de ses imaginatiõs, il a voulu descrire methodiquement le Cocuage de cinq ieunes hommes nouuellement mariez, auec vn respect pourtant si reserré dans sa coquille, que les plus grands asnes de nature en iront à la moustarde.

Ces maistres badins seellés & bridés de leurs sottises, & de leurs cornes, ne seront point par ledict sieur Turlupin nommez en aucune façon, car il se contentera du desduire par le menu, leurs qualitez, & pour contenter la curiosité de ceux à qui il en pourroit bien autant prédre, auant disner, il les aduertira que les deux premiers, manquant de celuy là qui faict appeller vn coquin monsieur, ont voulu prendre la qualité d'Aduocat, mais Dieu la sçait quels Aduocats, car ils sont comme les vieux testons de Nauarre, assauoir rongnez de si prés, que l'on n'y voit pas vne lettre, & outre ce l'vn d'iceux apres auoir perdu to⁹ ses moyens dans les destroits de la forest d'Angoulesme, contraint de se repaistre de chymeres, & se plaisant la pluspart du temps à faire tenir ses noires moustaches, en forme de garde de poignard, a l'Espagnolle, pédant laquelle occupatiõ, si chere mõture prẽd le chemin de la foire, ou de quelque academie, affin de mõstrer d'affection à monsieur l'Aduocat, son esprit & son agilité quãd à l'autre, voyant que sa pratique n'estoit bonne, qu'en la boutique d'vne beurriere, il a trouué moyen d'acoster la dame, qu'il possede par des inuentions qui luy accordent tacitement le pennache de bœuf; ma commere la marchãd en diroit biẽ des nouuelles, si on luy faisoit pareil present, qu'à fait ce pauure malautru, pour auoir la mal autruë, les trois autres nouuellement pourueus de ces nobles benefices du courage, sõt differents de qualité, & toutesfois aussi bien conditionnez de la fortune que ces messieurs les Aduocats, car l'vn d'iceux estant à l'apprest de faire vn chef d'œuure de son mestier de peintre, il suruint la femme d'vn Cesar, qui le desgoustant de l'assiduité de son trauail, elle luy fist naistre le desir de se marier par la representation de diuerses fœlicitez, a quoy le pauure sot s'inclinant du tout, aussi-tost fist promesse à ceste galande, que si ses artifices pouuoient reüssir à son cõtentement, qui luy pourroit donner vn estat de miserable, pour sa recompense, de maniere qu'ils cõuindrent ensemble pour ceste future consanguinité, qui fit plustost effectuee, que mõsieur le peintre n'eust peu faire la quatriesme partie de sõ tableau, dont a present il rend tant de graces aux destinez, qu'on le peut dire, sans luy faire tort, posseder la Corne d'Amalthee; Le secōd est vn garçon Apothicaire, que l'on a tousiours recogneu pour capable de symboliser auec la vanité, & de faict pendant les aduents derniers, pour estre fauorité des dames de sō quartier, il employoit ce qui luy faisoit plus de besoing, pour porter la rotonde à la portugaise, ce qu'ayāt recogneu vn certain Italien, que le commerce public cognoist assez, pour estre vn autre Polypheme, il fist en sorte de l'attirer en son logis, feignant que sa femme auoit besoin de prendre vn clystere, si bien que le pauure homme y estant arriué, & apres auoir faict vn tour de son mestier, ceste femme luy proposa l'excellence d'vn bon party, party en effect qui auoit plus donné de tours de reins depuis dix ans, que le pauure Apothicaire n'auoit encores donné de clystere : les propositions luy ayant esté faictes, on luy demãda s'il desiroit de voir la dame, dont estoit question, & qu'elle n'estoit gueres loin du logis, qu'au reste elle estoit de si bonne humeur, que quand on luy parleroit de sa qualité qu'elle quitteroit tout autre empeschement, pour auoir le bienque de le voir, a quoy il fut aussi tost consentant, sans auoir l'esprit de s'enquerir d'autre chose que de sa beauté, ainsi ceste poupee d'amour vint en la salle de monsieur l'Italiẽ, & apres les honnestetés accoustumees, elle entre en discours auec monsieur l'Apothicaire, luy de sa part transporté dans les plus solides espaces imaginaires, preferant son profit à l'honnesteté, ne peut s'empescher sur le champ de dire à ceste botte refripee, que si son humeur pouuoit trouuer de la simpatie, auec la sienne, que volontiers il luy feroit paroistre, auec combien d'affection, il a dessein de la seruir, ce qu'elle ne mit en aureille d'asne, ains ayant autãt de desir de sa part, que ce pauure perclus de sens & de raisõ, (à cause que les cõmodités luy manquoient pour acheuer de prendre les decoctions que les medecins luy auoient ordonné,) elle luy fist promesse d'estre sa tres-humble seruante, & d'obeir à tout ce qu'ils iugeroiẽt capable : mõsieur l'Apothicaire sur ceste responce luy demãda la faueur d'vn baiser, la dame luy dit prenez en deux si bon vous sẽble, & n'espargnez ce qui vous est acquis, entendãt sous ces mots que sa sottise pouuoit bien permettre à cause du froid de prendre la patiẽce de se faire chauffer à l'extraordinaire, le fat n'entendant point c'est Enigme, il acolle sa dame auec vne demonstration dutout amoureuse, luy promettant à la fin de l'espouser dans peu de iours, a quoy le sieur Italien & sa femme trauaillerent courageusement, tant qu'ils auoiēt peur d'vn changement de temps: quelques iours ainsi s'escoulerēt, & puis tout à coup vn mercredy matin ce mariage s'accomplit, auec tāt de solemnité, que le lendemain monsieur le drolle fut declaré Iean Ieudy à cry public, dont il ne fut pourtant beaucoup courroucé, tāt qu'il auoit pris de contentement apres sa chere espouse, & puis il voyoit que sa boutique estoit releuee & qu'au lieu d'estre simple garçon apothicaire, il estoit maistre Iean, & illustre cocutout ensemble. Le troisiesme de nos amoureux, est le clerc d'vn Procureur, qui ayant dans la ceruelle plusieurs chambres vuides à louer, à trouué moyē d'accoster vn certain cordonnier pour luy faire des bottes, affin de faire le demy gentil hõme au promenoir ordinaire de ceux qui ne sont pas beaucoup empeschez ; la cognoissãce qu'il auoit de ce Cordõnier, c'estoit pour l'auoit veu quelque fois se mesler d'vn autre mestier que du sien, de façon qu'ayant fait marché desdites bottes, il voulut boire auec luy, pour prendre occasion de luy declarer, qu'il auoit de l'amour pour vne fille qui cognoissoit : ce Cordonnier, fin & mathois, laisse ietter le feu de nostre transy, & luy laisse au long desduire ses intentiõs, puis se donnant carriere de luy, il luy fit promesseque s'il vouloit le recognoistre qu'il luy feroit espouser la fille qu'il sçauoit, dequoy il fut tellement content & ioyeux, qu'a l'heure-mesme il luy consigna entre ses mains quatre pistoles.

Deux iours apres monſieur le Clerc reuin voir le Cordónie r, plus pour auoir le bien de voir la fille à luy promiſe, que d'eſſayer les bottes qui l'attendoiét en toute patience, ce neantmoins les voyant ſi bié façonnees, il ſe miſt en deuoir de les chauſſer, ce pendant, quoy la dame dont eſt queſtion entra, qui ne fut honteuſe de s'aſſeoir, ſans qu'on luy en parlaſt aucunement, meſmes d'accoſter noſtre eſpece de gentilhomme par des diſcours à baſtons rompus

Botté qu'il fut, il ſe mit les reins au feu, & puis ayans les pieds vn peu chauds, il ſe print à gaſouiller en ſorte qu'il ne ſceut feindre d'eſtre amoureux, ſurquoy la dame print ſon temps, l'exhortant de continuer ceſte belle fantaiſie, dont il en reüſſit vn fruit ineſtimable ſur ces diſcours, vne matinee entiere ſe paſſa,

& cõme l'heure de disner s'approchoit, monsieur le Clerc qui n'auoit pas plus d'argent pour lors qui ne luy en falloit, il print congé de la compagnie, affin de s'exempter de ce qui pouuoit l'engaiger à honnesteté, tirant neantmoins le Cordonnier à part, & le priant d'interceder pour luy.

L'apres disnee mesme il reuient fourny de quelques testons qu'il auoit gaigné au tourniquet, & cõme il fust entré, contrefaisant de l'attendu; il se ietta dessus vn lict, souspirant auec autant de mignardise qu'vn beuf, qui rend le dernier souspir.

La Cordonniere qui l'entend aussi bien que macquerelle, qu'il y ait dedans Paris, print vne seruiette chaude & luy mist sur l'estomach, puis luy fit prendre vn peu de vin, dont la dame fust aduertie, qui ne manqua de venir en ce logis, feignant de demander si l'on auoit acheué ses mules de chambre, qu'on luy auoit promis le matin.

Au son de sa voix, voila le malade ressuscité, & ioyeux, de ceste visite, il fist preparer la collation, collation, que le sieur Turlupin trouua si fructueuse, & si debõnaire, qu'il a voulu presque mettre en colere son eloquence, pour en descrire l'vtilité, car outre les baisers doux & affables, qu'il resçeut pour lors de sa maistresse, trois iours apres, au lieu d'estre clerc affamé, comme vn haran soret, il fust saoul & remply des fruits de l'amour autant qu'il y ait Ladre en Hospital.

Et puis messieurs les reformateurs du cocuage, vous censurerez la liberté publique, non, non il n'est rien tel que d'esprouuer les accidẽs, qui ne se met au hazard, n'est iamais pendu; qui ne ſe met au liẽ de mariage, ne peut ſe dire iouyſſant des benefices ſalutaires, vous voyez deuant vos yeux, cinq ieunes hommes fort aduancés, qui auparauant auoient grãd peine de paſſer le tẽps, doncques meſsieurs ſi vous prend enuie de ce bon heur, mariez-vous, ſoyez cocus, & moy ie taſcheray de boire à vos ſantez, en la qualité de voſtre treſ affectionné.

TVRLVPIN.

BALLET
DE
VILLENEUVE-SAINT-GEORGE.

Dancé devant MONSEIGNEUR
le premier Septembre 1692.

PAR L'ACADEMIE ROYAL'
DE MUSIQUE.

A PARIS,
Par CHRISTOPHE BALLARD, ſeul Imprimeur
du Roy pour la Muſique, ruë S. Jean de Beauvais,
au Mont Parnaſſe.

M. DC. XCII.

BALLET
DE
VILLENEUVE-SAINT-GEORGE.

PREMIERE ENTRE'E.

Une Troupe de Pasteurs, conduite par le Berger Mirtil & la Bergere Aminte, s'avance en chantant & en dançant.

Mirtil, Berger, Monsieur Dumesnil,
Aminte, Bergere, Mademoiselle Moreau.
Quatre Bergers dançans, Messieurs Germain, Bouteville, L'abbé & Balon.
Deux Pastres, Messieurs Poitier & Pifetot.
Un Paysan, Monsieur de Bargue.
Une Bergere dançante, Mademoiselle Subligny.

Six autres Bergeres dançantes, Mesdemoiselles de Seve, Potenot., Germain, Freville, du Faur l'ainée, du Faur la cadette.

Deux Pastourelles, Mesdemoiselles le Suëur & Carré.

Quatre Pastres joüans du Hautbois, Messieurs Loüis Hotteterre, Colin Hotteterre, Jean Hotteterre & Dumont.

Un Pastre joüant de la Musette, Monsieur du Tremblay.

Chœur de Bergers, de Bergeres, de Pastres & de Pastourelles.

AMINTE.

ALlons voir, sous cet ombrage,
L'objet de tous nos desirs.

Le Chœur.

Allons voir, sous cet ombrage,
L'objet de tous nos desirs.

AMINTE.

Tout l'annonce en ce Bocage.
La Feuille en parle aux Zephirs;
L'Onde aux Fleurs de son rivage;
Et les oiseaux, tour à tour;
Chacun dit, en son langage,
Le Dauphin est de retour.

Le Chœur.

Tout l'annonce en ce Bocage. &c.

MIRTIL.

Quittons, quittons nos houlettes,
Dançons sous ces verds ormeaux.

le Chœur.

Quittons, quittons nos houlettes; &c.

MIRTIL.

Que nos voix & nos Musettes
Forment des Concerts nouveaux.

Le Chœur.

Oeu nos voix &c.

MIRTIL ET AMINTE ensemble.

Nos troupeaux, sur les herbettes,
N'ont rien à craindre en ce jour;
La paix est dans ces retraittes;
Le Dauphin est de retour.

Le Chœur.

Nos troupeaux, sur les herbettes, &c.

MIRTIL ET AMINTE ensemble.

Prince chery des Cieux; delices de la France;
Digne fils du plus grand des Roys,
Voyez de quels plaisirs vostre auguste presence
Comble nos plaines & nos bois.

MIRTIL.

Long-temps vostre cruelle absence
A fait taire nos Chalumeaux.

AMINTE.

Comme nous, les tendres oiseaux
Negligeoient leurs amours & gardoient le silence.

MIRTIL.

Sur les plus riants coteaux
Nos Brebis paroiſſoient mourantes.

AMINTE.

Aux bords des plus clairs ruiſſeaux
Les fleurs ſe couchoient languiſſantes.

Enſemble.

Vous ranimez, tout à la fois,
Les fleurs & nos troupeaux, les oiſeaux & nos voix.

Prince chery des Cieux; délices de la France;
Digne fils du plus grand des Roys;
Voyez de quels plaiſirs Voſtre Auguſte preſence
Comble nos plaines & nos bois.

MIRTIL.

Quelle douceur nouvelle
Si Bellone pouvoit n'en plus borner le cours;
Mais nous craignons toûjours
Qu'elle ne vous rappelle.

AMINTE.

La Gloire eſt belle.
Il nous eſt doux de voir qu'elle plaiſe à vos yeux.
Lors qu'aprés mille Exploits de memoire immortelle
Elle vous ramene en ces lieux,
La Gloire eſt belle.

Mais, s'il faut ſans ceſſe pour elle
Riſquer des jours ſi precieux,
Qu'elle eſt cruelle !

MIRTIL.

Daignez, pour quelque temps, dans ces lieux fortunez,
Vous délaſſer de vos travaux penibles.
Puiſſent nos Jeux & nos Concerts paiſibles
Vous rendre le plaiſir que vous nous y donnez.

Enſemble.

Ecoutez nos Chanſonnettes.
Le doux ſon de nos Hautbois
Vaut bien quelquefois
L'eclat des Trompettes.
Le langage des Amours
Vaut bien le bruit des Tambours.

AMINTE au milieu d'une Troupe de Paſteurs dançans.

L'Amour, loin des allarmes,
Dans ces lieux tient ſa Cour.
On ne craint que ſes armes
Dans ce charmant ſejour;
Mais la guerre a des charmes
Dans l'Empire d'Amour.

Le Chœur.

L'Amour, loin des allarmes, &c.

AMINTE.

Ses plus aimables chaînes
Ne ſont point ſans rigueurs.
Mais les plus inhumaines
N'eſtonnent point nos cœurs.
Plus il cauſé de peines,
Plus il a de douceurs.

Le Chœur.

Ses plus aimables chaînes &c.

AMINTE.

Imitez nos Chanſonnettes,
Petits oiſeaux; chantez tous.
De vos paiſibles retraites,
Echos, répondez-nous.

Le Chœur.

Imitez nos Chanſonnettes, &c.

II ENTRÉE.

Pan arrive suivy d'une Troupe de Faunes & de Dryades.

Pan, Monsieur Moreau.

Tircis, *Berger*, Monsieur

Climene, *Bergere*, Mademoiselle Desmâtins.

Un Faune, Monsieur Dun.

Deux Faunes dançants, Messieurs L'etang & du Mirail.

Cinq Faunes joüants de la Flûte, Messieurs de la Barre, Hottetere, Rousselet, Alain, Liotar.

Chœur de Faunes & de Dryades, avecceux qui sont de la Premiere Entrée.

PAN aux Pasteurs.

Pour rendre vos Concerts plus doux,
Et plus dignes du Fils du plus grand Roy du Monde;
Le Dieu qui preside sur vous,
Apollon, aujourd'huy veut que Pan vous seconde.

Chantez, redoublez vos Concerts.
Vostre Roy va laisser reposer la Victoire;
La Discorde est contrainte à rentrer dans ses fers.
Les Dieux avoient permis à cent Peuples divers
De s'armer contre luy pour augmenter sa Gloire;
Mais ce Heros, dans les combats,
Sans cesse affrontoit le trépas.
L'excez de son ardeur guerriere
Occupoit trop les Dieux à veiller sur ses pas.
Cent fois l'Autheur de la lumiere,
Dans le plus beau de sa carriere,
S'en est caché d'effroy sous l'horreur des frimats.

Ce Vainqueur tout puissant, désormais sur la terre
Ne trouvera plus rien digne de son Tonnerre.
A la fin les Dieux l'ont permis;
Le dernier de ses coups va terminer la Guerre.
Il a brisé l'orgueil des plus fiers Ennemis,
Le reste, sans effort, sera bien-tost soûmis.
Ce Vainqueur tout puissant, désormais sur la Terre
Ne trouvera plus rien digne de son Tonnerre.

Chœur des Pasteurs.

O douce Paix!
Hastez-vous de descendre.
Venez icy répandre
Tous vos divins attraits.
Le Vainqueur vous l'ordonne,

Triomphez de Bellone.
Descendez pour jamais,
O douce Paix!

PAN.

Bannissez vos allarmes.
Que rien ne trouble vos plaisirs.
Ne craignez plus l'aveugle sort des armes
Pour le Heros qui fait tout vos desirs.
Banissez vos allarmes.
Que rien ne trouble vos plaisirs.

La Suitte de Pan & les Pasteurs s'unissent, & répetent en Chœur ces six derniers Vers.

Chœur.

Banissons nos allarmes. &c.

Toute la Troupe reprend haleine; & cependant le Berger Tircis en écarte la Bergere Climene & luy parle en ces termes.

TIRCIS.

Jusqu'icy, charmante Climene,
L'absence du Heros qui fait tous nos beaux jours
Bannissoit de ces lieux les Jeux & les Amours;
Je n'ay point murmuré de te voir inhumaine;
Mais, enfin, lorsqu'il les ramene;
Lorsqu'icy sa presence échauffe tous les cœurs;
Il est temps de finir tes injustes froideurs;
Il est temps de finir ma peine.

CLIMENE.

Garde pour d'autres temps tes amoureux propos.
Le ſoin de divertir noſtre jeune Heros
Eſt le ſeul ſoin qui nous aſſemble.
C'eſt un ſpectacle peu charmant
Que de voir deux Amants enſemble
Soupirer de concert & conter leur tourment.

TIRCIS.

Tu ne manque jamais d'excuſe
Pour ne me pas écouter.

CLIMENE.

Tu devrois en profiter ;
Et bannir de ton cœur un eſpoir qui t'abuſe.

TIRCIS.

Cruelle ! quoy? mes vœux ne peuvent t'attendrir?

CLIMENE.

La maniere de les offrir
Fait bien ſouvent qu'on les refuſe.

Tu me parle toûjours de chaînes, de langueur,
De flames, de martyre ;
Tu me fais de l'Amour un portrait qui fait peur.
Puiſque l'on ſouffre tant ſous ſon cruel Empire,
Je veux garder mon cœur.

Un Faune qui s'est aproché d'eux dés le commencement de leur conversation, & qui l'a toute entenduë, l'interrompt ainsi en cet endroit.

LE FAUNE.

Va, Climene ; laisse-le dire.
L'Amour dont il se plaint n'est que le Dieu des fous.
Celuy qui m'inspire
Est un Dieu plus doux.
Les plaisirs, à qui veut le suivre,
De toutes parts viennent s'offrir.
Le sien fait mourir ;
Et le mien fait vivre.

Fy de ces amants langoureux
Qui portent par tout la tristesse.
Pour moy, quand je suis amoureux,
Je ris, je folastre sans cesse ;
Et ce n'est qu'en chantant que j'exprime mes feux.
Bien loin que l'Amour me tourmente,
Je bois & je dors à loisir.
J'en ay le teint plus frais & l'humeur plus riante ;
Et n'inspire que du plaisir.

TIRCIS.

Tu connois peu l'Amour. Les coups dont il nous blesse
Font languir jusques au trépas.

LE FAUNE.

L'Amour est un enfant qui veut rire sans cesse.
Les Jeux suivent par tout ses pas.

TIRCIS.

Ses parfaites douceurs doivent coûter des larmes.

LE FAUNE.

De nos plus tristes jours il doit chasser l'ennuy.

TIRCIS.

Ah! que ses langueurs ont de charmes!

LE FAUNE.

Qu'il est doux de rire avec luy!

TIRCIS.

J'admire ton erreur extréme.

LE FAUNE.

J'admire la tienne à mon tour.

Ensemble.

Non, tu ne sçais pas comme on aime.
Non, tu ne connois pas l'Amour.

TIRCIS à Climene.

Juge-nous, aimable Bergere.

LE FAUNE.

Decide qui des deux a plus droit de te plaire.

Ensemble.

Mais il faut que ton cœur
Soit le prix du Vainqueur.

CLIMENE.

Trouvez bon que je m'en dispense.
A vous donner le prix il iroit trop du mien.
Je vois Sylene qui s'avance,
Il pourra vous juger sans qu'il m'en coûte rien.

III. ENTRÉE.

Sylene vient monté sur son Asne, environné d'une Troupe de Satyres & de Bacchantes, & fort en colere de ce qu'on ose faire une Feste sans l'y avoir appellé.

Sylene. Monsieur des Voyes.

Lupin, Berger ridicule. Monsieur Bouteloüe.

Cinq Satyres dançants.
Messieurs Desnoyers cadet, Ferrand, Magny, de Bargue, & Dar.

Cinq Bacchantes.
Messieurs Prevost, Picquet, Thibaut, Droüen, & Poitier cadet.

Chœur de Satyres & de Bachantes.
Auec tous ceux des premiere & seconde Entrées.

SYLENE.

C'Est donc ainsi qu'on nous oublie?
Ainsi donc vous osez faire des jeux sans nous?

Quelle audace ! quelle folie !
Craignez-vous si peu mon couroux ? ...

CLIMENE, l'interrompant en riant.

On le craint plus que le tonnerre.
Mais, au nom de Bacchus, il faut nous pardonner.
Loin de nous apporter la guerre,
Entre ces deux Rivaux daignez la terminer.

SYLENE, se radoucissant.

Au nom de Bacchus ? c'est me prendre
Par où mon cœur est le plus tendre.
Que peut-on refuser au nom d'un Dieu si doux ?
Aux deux Rivaux.
Parlez. Je veux bien vous entendre.
De quoy s'agit-il entre vous ?

TIRCIS.

Je sers depuis long-temps cette aimable Bergere.

LE FAUNE.

C'est d'aujourd'huy que je luy fais la cour.

TIRCIS.

Que peut pretendre une flâme d'un jour ?

LE FAUNE.

Qu'est-ce qu'un vieil Amour espere ?

TIRCIS.

Que peut-on opposer à ma fidelité ?

LE FAUNE.

LE FAUNE.

Le charme de la nouveauté.

TIRCIS.

C'est par la constance
Qu'un cœur amoureux
Merite d'estre heureux.
Avec assurance
On peut compter sur des feux
Eprouvez par la souffrance.
Les empressements,
Les soins, les serments,
Sont plus trompeurs qu'on ne pense.
C'est par la constance
Qu'un cœur amoureux
Merite d'estre heureux.

LE FAUNE.

Les roses sont belles,
Mais leur agrément
C'est d'estre nouvelles;
L'Amour est comme elles.
Rien n'est si charmant
Qu'un nouvel amant.

Ensemble.

Rien n'est si charmant
Qu'un {fidelle / nouvel} amant.

LE FAUNE à Sylene.

Qui de nous doit plaire à Climene?

TIRCIS.

Parlez, Sylene; Jugez-nous.

Enſemble.

Sylene! vous dormez? Sylene! éveillez-vous.
Sylene!

SYLENE, s'éveillant en ſurſaut.

Qu'eſt-ce? hé bien? quoy? Sylene, Sylene.
Pourquoy troublez-vous mon repos?
Tous vos fades propos
Me rompent les oreilles.
Parlez-moi de Bacchus, ou ne m'éveillez pas.
Parlez de vuider des bouteilles
Ou ſans moi vuidez vos debats.

Quoy? ſouffrir qu'en noſtre preſence
On ne parle icy que d'amour?
Bacchantes, Dieux des Bois, rompez voſtre ſilence.
Parlons de Bacchus à ſon tour.
Chantons. Celebrons ſa puiſſance.

Le Faune Rival de Tircis, & Lupin Berger ridicule ſe joignent à Sylene, & tous trois enſemble chantent ce qui ſuit tenans chacun un flacon d'une main, & une coupe de l'autre.

SYLENE, LE FAUNE & LUPIN.

Chantons le pouvoir de Bacchus,
Goûtons le jus divin que ſa treille nous donne :
Sans ce doux jus
Croire qu'une feſte ſoit bonne ;
C'eſt un abus.
Chantons le pouvoir de Bacchus.

LUPIN.

Sans le vin que peut-on faire ?
C'eſt par luy que tout peut plaire.
L'Amour meſme languit ſans ce jus plein d'appas.
Pour échauffer nos ames
L'Amour ne ſuffit pas,
Si Bacchus plus puiſſant ne luy préte ſes flames.

SYLENE.

Les plaiſirs les plus charmans
Sont ceux où Bacchus nous convie
Ce ſont les ſeuls de la vie
Dont on joüit malgré les ans.
Les Amours, pour leur partage,
N'ont que noſtre Primtemps.
On n'aime pas à tout âge ;
Mais on boit en tout temps.

LE FAUNE.

Las de ſe faire la guerre,
Bacchus & le Dieu d'Amour
Burent dans un meſme verre,
Et firent la paix un jour.

Icy les Paſteurs, la ſuitte de Pan, & ce Dieu luy-meſme ſe meſlent parmy les ſuivants de Sylene.

Chœur.

Las de ſe faire la guerre, &c.

LE FAUNE.

O jour digne de memoire!
Depuis cet accort heureux,
L'Amour nous permet de boire,
Et Bacchus d'eſtre amoureux.

Chœur.

O jour digne de memoire! &c.

LE FAUNE.

Pour gage, au Dieu de la Treille
L'Amour donna ſon flambeau.
Bacchus donna ſa Bouteille
Pour rendre l'accort plus beau.

Chœur.

Pour gage, &c.

LE FAUNE.

O jour digne de memoire!
Depuis cet échange heureux,
L'Amour nous invite à boire,
Bacchus nous rend amoureux.

Chœur.

O jour &c.

Autre Chœur.

Chantons le pouvoir de Bacchus.
Goûtons le jus divin que sa Treille nous donne:
Sans ce doux jus,
Croire qu'une Feste soit bonne;
C'est un abus.
Chantons le pouvoir de Bachus.

PAN.

Qu'en ces lieux on respire
Sous de charmantes loix!
Tandis que le plus grand des Rois
Veille pour écarter tout ce qui peut vous nuire,
Vous chantez a l'ombre des bois.
Vous goûtez tout le fruit de ses fameux Exploits.
Qu'en ces lieux on respire
Sous de charmantes loix!

Les Chœurs repetent ces huit derniers Vers, & la Feste finit par un Ballet general pour les trois Quadrilles.

FIN.

BALLET
DE
VILLENEUVE-SAINT-GEORGE.

Dancé devant MONSEIGNEUR le premier Septembre 1692.

PAR L'ACADEMIE ROYALLE DE MUSIQUE.

A PARIS,
Par CHRISTOPHE BALLARD, ſeul Imprimeur du Roy pour la Muſique, ruë S. Jean de Beauvais, au Mont Parnaſſe.

M. DC. XCII.

BALLET
DE
VILLENEUVE-SAINT-GEORGE.

PREMIERE ENTRE'E.

Une Troupe de Paſteurs, conduite par le Berger Mirtil & la Bergere Aminte, s'avance en chantant & en dançant.

Mirtil, Berger, Monſieur Dumeſnil,
Aminte, Bergere, Mademoiſelle Moreau.
Quatre Bergers dançans, Meſſieurs Germain, Bouteville, L'abbé & Balon.
Deux Paſtres, Meſſieurs Poitier & Piſetot.
Un Payſan, Monſieur de Barguc.
Une Bergere dançante, Mademoiſelle Subligny.

Six autres Bergeres dançantes, Mesdemoiselles de Seve, Potenot., Germain, Freville, du Faur l'ainée, du Faur la cadette.

Deux Pastourelles, Mesdemoiselles le Suëur & Carré.

Quatre Pastres joüans du Haubois, M ssieurs Loüis Hotteterre, Colin Hotteterre, Jean Hotteterre & Dumont.

Un Pastre joüant de la Musette, Monsieur du Tremblay.

Chœur de Bergers, de Bergeres, de Pastres & de Pastourelles.

AMINTE.

ALlons voir, sous cet ombrage,
L'objet de tous nos desirs.

Le Chœur.

Allons voir, sous cet ombrage,
L'objet de tous nos desirs.

AMINTE.

Tout l'annonce en ce Bocage.
La Feuille en parle aux Zephirs;
L'Onde aux Fleurs de son rivage;
Et les oiseaux, tour à tour;
Chacun dit, en son langage,
Le Dauphin est de retour.

Le Chœur.

Tout l'annonce en ce Bocage. &c.

MIRTIL.

Quittons, quittons nos houlettes,
Dançons ſous ces verds ormeaux.

le Chœur.

Quittons, quittons nos houlettes; &c.

MIRTIL.

Que nos voix & nos Muſettes
Forment des Concerts nouveaux.

Le Chœur.

Qeu nos voix &c.

MIRTIL ET AMINTE enſemble.

Nos troupeaux, ſur les herbettes,
N'ont rien à craindre en ce jour;
La paix eſt dans ces retraittes;
Le Dauphin eſt de retour.

Le Chœur.

Nos troupeaux, ſur les herbettes, &c.

MIRTIL ET AMINTE enſemble.

Prince chery des Cieux; delices de la France;
Digne fils du plus grand des Roys,
Voyez de quels plaiſirs voſtre auguſte preſence
Comble nos plaines & nos bois.

MIRTIL.

Long-temps voſtre cruelle abſence
A fait taire nos Chalumeaux.

AMINTE.

Comme nous, les tendres oiſeaux
Negligeoient leurs amours & gardoient le ſilence.

MIRTIL.

Sur les plus riants coteaux
Nos Brebis paroiſſoient mourantes.

AMINTE.

Aux bords des plus clairs ruiſſeaux
Les fleurs ſe couchoient languiſſantes.

Enſemble.

Vous ranimez, tout à la fois,
Les fleurs & nos troupeaux, les oiſeaux & nos voix.

Prince chery des Cieux ; délices de la France ;
Digne fils du plus grand des Roys ;
Voyez de quels plaiſirs Voſtre Auguſte preſence
Comble nos plaines & nos bois.

MIRTIL.

Quelle douceur nouvelle
Si Bellone pouvoit n'en plus borner le cours ;
Mais nous craignons toûjours
Qu'elle ne vous rappelle.

AMINTE.

La Gloire eſt belle.
Il nous eſt doux de voir qu'elle plaiſe à vos yeux.
Lors qu'aprés mille Exploits de memoire immortelle
Elle vous ramene en ces lieux,
La Gloire eſt belle.

Mais, s'il faut ſans ceſſe pour elle
Riſquer des jours ſi precieux,
Qu'elle eſt cruelle !

MIRTIL.

Daignez, pour quelque temps, dans ces lieux fortunez
Vous délaſſer de vos travaux penibles.
Puiſſent nos Jeux & nos Concerts paiſibles
Vous rendre le plaiſir que vous nous y donnez.

Enſemble.

Ecoutez nos Chanſonnettes.
Le doux ſon de nos Hautbois
Vaut bien quelquefois
L'eclat des Trompettes.
Le langage des Amours
Vaut bien le bruit des Tambours.

AMINTE au milieu d'une Troupe de Paſteurs dançans,

L'Amour, loin des allarmes,
Dans ces lieux tient ſa Cour.
On ne craint que ſes armes
Dans ce charmant ſejour;
Mais la guerre a des charmes
Dans l'Empire d'Amour.

Le Chœur.

L'Amour, loin des allarmes, &c.

AMINTE.

Ses plus aimables chaînes
Ne ſont point ſans rigueurs.
Mais les plus inhumaines
N'eſtonnent point nos cœurs.
Plus il cauſe de peines,
Plus il a de douceurs.

Le Chœur.

Ses plus aimables chaînes &c.

AMINTE.

Imitez nos Chanſonnettes,
Petits oiſeaux; chantez tous.
De vos paiſibles retraites,
Echos, répondez-nous.

Le Chœur.

Imitez nos Chanſonnettes, &c.

II ENTRÉE.

Pan arrive suivy d'une Troupe de Faunes & de Dryades.

Pan, Monsieur Moreau.
Tircis, *Berger*, Monsieur
Climene, *Bergere*, Mademoiselle Desmâtins.
Un Faune, Monsieur Dun.
Deux Faunes dançants, Messieurs L'etang & du Mirail.
Cinq Faunes joüants de la Flûte, Messieurs de la Barre, Hottetere, Rousselet, Alain, Liotar.

Chœur de Faunes & de Dryades, avec ceux qui sont de la Premiere Entrée.

PAN aux Pasteurs.

Pour rendre vos Concerts plus doux,
Et plus dignes du Fils du plus grand Roy du Monde;
Le Dieu qui preside sur vous,
Apollon, aujourd'huy veut que Pan vous seconde.

Chantez, redoublez vos Concerts.
Vostre Roy va laisser reposer la Victoire ;
La Discorde est contrainte à rentrer dans ses fers.
Les Dieux avoient permis à cent Peuples divers
De s'armer contre luy pour augmenter sa Gloire ;
Mais ce Heros, dans les combats,
Sans cesse affrontoit le trépas.
L'excez de son ardeur guerriere
Occupoit trop les Dieux à veiller sur ses pas.
Cent fois l'Autheur de la lumiere,
Dans le plus beau de sa carriere,
S'en est caché d'effroy sous l'horreur des frimats.

Ce Vainqueur tout puissant, désormais sur la terre
Ne trouvera plus rien digne de son Tonnerre.
A la fin les Dieux l'ont permis ;
Le dernier de ses coups va terminer la Guerre.
Il a brisé l'orgueil des plus fiers Ennemis,
Le reste, sans effort, sera bien-tost soûmis.
Ce Vainqueur tout puissant, desormais sur la Terre
Ne trouvera plus rien digne de son Tonnerre.

Chœur des Pasteurs.

O douce Paix !
Hastez-vous de descendre.
Venez icy répandre
Tous vos divins attraits.
Le Vainqueur vous l'ordonne,

Triomphez de Bellone.
Descendez pour jamais,
O douce Paix!

PAN.

Bannissez vos allarmes.
Que rien ne trouble vos plaisirs.
Ne craignez plus l'aveugle sort des armes
Pour le Heros qui fait tout vos desirs.
Banissez vos allarmes.
Que rien ne trouble vos plaisirs.

La Suitte de Pan & les Pasteurs s'unissent, & répetent en Chœur ces six derniers Vers.

Chœur.

Banissons nos allarmes. &c.

Toute la Troupe reprend haleine; & cependant le Berger Tircis en écarte la Bergere Climene & luy parle en ces termes.

TIRCIS.

Jusqu'icy, charmante Climene,
L'absence du Heros qui fait tous nos beaux jours
Bannissoit de ces lieux les Jeux & les Amours;
Je n'ay point murmuré de te voir inhumaine;
Mais, enfin, lorsqu'il les ramene;
Lorsqu'icy sa presence échauffe tous les cœurs;
Il est temps de finir tes injustes froideurs;
Il est temps de finir ma peine.

CLIMENE.

Garde pour d'autres temps tes amoureux propos.
Le ſoin de divertir noſtre jeune Heros
Eſt le ſeul ſoin qui nous aſſemble.
C'eſt un ſpectacle peu charmant
Que de voir deux Amants enſemble
Soupirer de concert & conter leur tourment.

TIRCIS.

Tu ne manque jamais d'excuſe
Pour ne me pas écouter.

CLIMENE.

Tu devrois en profiter ;
Et bannir de ton cœur un eſpoir qui t'abuſe.

TIRCIS.

Cruelle ! quoy ? mes vœux ne peuvent t'attendrir ?

CLIMENE.

La maniere de les offrir
Fait bien ſouvent qu'on les refuſe.

Tu me parle toûjours de chaînes, de langueur,
De flames, de martyre ;
Tu me fais de l'Amour un portrait qui fait peur.
Puiſque l'on ſouffre tant ſous ſon cruel Empire,
Je veux garder mon cœur.

Un Faune qui s'est aproché d'eux dés le commencement de leur conversation, & qui l'a toute entenduë, l'interrompt ainsi en cet endroit.

LE FAUNE.

Va, Climene ; laisse-le dire.
L'Amour dont il se plaint n'est que le Dieu des fous.
Celuy qui m'inspire
Est un Dieu plus doux.
Les plaisirs, à qui veut le suivre,
De toutes parts viennent s'offrir.
Le sien fait mourir ;
Et le mien fait vivre.

Fy de ces amants langoureux
Qui portent par tout la tristesse.
Pour moy, quand je suis amoureux,
Je ris, je folastre sans cesse ;
Et ce n'est qu'en chantant que j'exprime mes feux.
Bien loin que l'Amour me tourmente,
Je bois & je dors à loisir.
J'en ay le teint plus frais & l'humeur plus riante ;
Et n'inspire que du plaisir.

TIRCIS.

Tu connois peu l'Amour. Les coups dont il nous blesse
Font languir jusques au trépas.

LE FAUNE.

L'Amour est un enfant qui veut rire sans cesse.
Les Jeux suivent par tout ses pas.

TIRCIS.

Ses parfaites douceurs doivent coûter des larmes.

LE FAUNE.

De nos plus tristes jours il doit chasser l'ennuy.

TIRCIS.

Ah! que ses langueurs ont de charmes!

LE FAUNE.

Qu'il est doux de rire avec luy!

TIRCIS.

J'admire ton erreur extréme.

LE FAUNE.

J'admire la tienne à mon tour.

Ensemble.

Non, tu ne sçais pas comme on aime.
Non, tu ne connois pas l'Amour.

TIRCIS à Climene.

Juge-nous, aimable Bergere.

LE FAUNE.

Decide qui des deux a plus droit de te plaire.

Ensemble.

Mais il faut que ton cœur
Soit le prix du Vainqueur.

CLIMENE.

Trouvez bon que je m'en dispense.
A vous donner le prix il iroit trop du mien.
Je vois Sylene qui s'avance,
Il pourra vous juger sans qu'il m'en coûte rien.

III. ENTRÉE.

Sylene vient monté ſur ſon Aſne, environné d'une Troupe de Satyres & de Bacchantes, & fort en colere de ce qu'on oſe faire une Feſte ſans l'y avoir appellé.

Sylene. Monſieur des Voyes.

Lupin, Berger ridicule. Monſieur Bouteloüe.

Cinq Satyres dançants.
Meſſieurs Deſnoyers cadet, Ferrand, Magny, de Bargue, & Dar.

Cinq Bacchantes.
Meſſieurs Prevoſt, Picquet, Thibaut, Droüen, & Poitier cadet.

Chœur de Satyres & de Bachantes.
Avec tous ceux des premiere & ſeconde Entrées.

SYLENE.

C'*Eſt donc ainſi qu'on nous oublie?*
Ainſi donc vous oſez faire des jeux ſans nous?

Quelle audace! quelle folie!
Craignez-vous si peu mon couroux?...

CLIMENE, l'interrompant en riant.

On le craint plus que le tonnerre.
Mais, au nom de Bacchus, il faut nous pardonner.
Loin de nous apporter la guerre,
Entre ces deux Rivaux daignez la terminer.

SYLENE, se radoucissant.

Au nom de Bacchus? c'est me prendre
Par où mon cœur est le plus tendre.
Que peut-on refuser au nom d'un Dieu si doux?

Aux deux Rivaux.

Parlez. Je veux bien vous entendre.
De quoy s'agit-il entre vous?

TIRCIS.

Je sers depuis long-temps cette aimable Bergere.

LE FAUNE.

C'est d'aujourd'huy que je luy fais la cour.

TIRCIS.

Que peut pretendre une flâme d'un jour?

LE FAUNE.

Qu'est-ce qu'un vieil Amour espere?

TIRCIS.

Que peut-on opposer à ma fidelité?

LE FAUNE.

LE FAUNE.

Le charme de la nouveauté.

TIRCIS.

C'est par la constance
Qu'un cœur amoureux
Merite d'estre heureux.
Avec assurance
On peut compter sur des feux
Eprouvez par la souffrance.
Les empressements,
Les soins, les serments,
Sont plus trompeurs qu'on ne pense.
C'est par la constance
Qu'un cœur amoureux
Merite d'estre heureux.

LE FAUNE.

Les roses sont belles,
Mais leur agrément
C'est d'estre nouvelles;
L'Amour est comme elles.
Rien n'est si charmant
Qu'un nouvel amant.

Ensemble.

Rien n'est si charmant
Qu'un {fidelle / nouvel} amant.

LE FAUNE à Sylene.

Qui de nous doit plaire à Climene?

TIRCIS.

Parlez, Sylene; Jugez-nous.

Ensemble.

Sylene! vous dormez? Sylene! éveillez-vous.
Sylene!

SYLENE, s'éveillant en surſaut.

Qu'eſt-ce? hé bien? quoy? Sylene, Sylene,
Pourquoy troublez-vous mon repos?
Tous vos fades propos
Me rompent les oreilles.
Parlez-moi de Bacchus, ou ne m'éveillez pas.
Parlez de vuider des bouteilles
Ou ſans moi vuidez vos debats.

Quoy? ſouffrir qu'en noſtre preſence
On ne parle icy que d'amour?
Bacchantes, Dieux des Bois, rompez voſtre ſilence.
Parlons de Bacchus à ſon tour.
Chantons. Celebrons ſa puiſſance.

Le Faune Rival de Tircis, & Lupin Berger ridicule ſe joignent à Sylene, & tous trois enſemble chantent ce qui ſuit tenans chacun un flacon d'une main, & une coupe de l'autre.

SYLENE, LE FAUNE & LUPIN.

Chantons le pouvoir de Bacchus,
Goûtons le jus divin que sa treille nous donne:
Sans ce doux jus
Croire qu'une feste soit bonne;
C'est un abus.
Chantons le pouvoir de Bacchus.

LUPIN.

Sans le vin que peut-on faire?
C'est par luy que tout peut plaire.
L'Amour mesme languit sans ce jus plein d'appas.
Pour échauffer nos ames
L'Amour ne suffit pas,
Si Bacchus plus puissant ne luy préte ses flames.

SYLENE.

Les plaisirs les plus charmans
Sont ceux où Bacchus nous convie
Ce sont les seuls de la vie
Dont on joüit malgré les ans.
Les Amours, pour leur partage,
N'ont que nostre Primtemps.
On n'aime pas à tout âge;
Mais on boit en tout temps.

LE FAUNE.

Las de ſe faire la guerre,
Bacchus & le Dieu d'Amour
Burent dans un meſme verre,
Et firent la paix un jour.

Icy les Paſteurs, la ſuitte de Pan, & ce Dieu luy-meſme ſe meſlent parmy les ſuivants de Sylene.

Chœur.

Las de ſe faire la guerre, &c.

LE FAUNE.

O jour digne de memoire!
Depuis cét accort heureux,
L'Amour nous permet de boire,
Et Bacchus d'eſtre amoureux.

Chœur.

O jour digne de memoire! &c.

LE FAUNE.

Pour gage, au Dieu de la Treille
L'Amour donna ſon flambeau.
Bacchus donna ſa Bouteille
Pour rendre l'accort plus beau.

Chœur.

Pour gage, &c.

LE FAUNE.

O jour digne de memoire !
Depuis cet échange heureux,
L'Amour nous invite à boire,
Bacchus nous rend amoureux

Chœur.

O jour &c.

Autre Chœur.

Chantons le pouvoir de Bacchus.
Goûtons le jus divin que sa Treille nous donne :
Sans ce doux jus,
Croire qu'une Feste soit bonne ;
C'est un abus.
Chantons le pouvoir de Bachus.

PAN.

C'est assez, il est temps que chacun se retire.
Vos Concerts, a la fin, pourroient estre ennuyeux
Au Heros qui vous les inspire.
Mais, du moins, en quittant ces lieu
Songez à rendre grace aux Dieux
De vous avoir fait naistre en cet heureux Empire.

Qu'en ces lieux on respire
Sous de charmantes loix !

Tandis que le plus grand des Rois
Veille pour écarter tout ce qui peut vous nuire,
Vous chantez a l'ombre des bois.
Vous goûtez tout le fruit de ſes fameux Exploits.
Qu'en ces lieux on reſpire
Sous de charmantes loix!

Les Chœurs repetent ces huit derniers Vers, & la Feſte finit par un Ballet general pour les trois Quadrilles.

FIN.

BALLET DES ARTS,

Dansé par sa Majesté le 8. Ianuier 1663.

benserade

A PARIS,

Par ROBERT BALLARD, seul Imprimeur du Roy pour la Musique.

M. DC. LXIII.

Auec Priuilege de sa Majesté.

AVANT-PROPOS.

LA Paix ayant produit l'Abondance, & fait naistre les Plaisirs & refleurir les Sciences & les Arts; les Sept que l'on nomme Liberaux, conduits par leur inuenteur, Promethée, viennent paroistre en cette superbe Cour: Et comme la Musique en est l'vn des plus nobles & des plus agreables, elle fait auec les autres, par vn grand Concert d'Instrumens, l'ouuerture du Ballet des Arts en general, dont quelques-vns soit mechaniques ou autres, ont esté choisis pour faire les Entrées de ce Ballet; chacune estãt precedée d'vn changement de Theatre & d'vn Recit.

L'AGRICVLTVRE.

CET Art eſt repreſenté par des Bergers & des Bergeres ; leſquels ſortent des agreables Boccages, qui font la decoration de cette premiere Scene. Apres que la Felicité & la Paix qui les accompagnent touſiours ont fait vn recit en Dialogue, auquel reſpond vn Chœur d'inſtruments ruſtiques.

Dialogue de la Paix & de la Felicité, chanté par Mademoiſelle Hylaire, & Mademoiſelle de Saint Chriſtophe.

LA PAIX.

D*Ouce Felicité, ne quitons point ces lieux.*

LA FELICITE'.

Douce & charmante Paix, où peut-on eſtre mieux?

Toutes deux.

Ny les trauaux ny les peines,
N'habitent plus dans ces bois,
Les Bergers ſont comme des Rois,
Les Bergeres comme des Reines.

LA PAIX.

I'y veux estre tousiours,

LA FELICITÉ.

Et moy tousiours aussy.

Toutes deux.

Amour est le seul mal dont on se plaint icy.

LA PAIX.

Les vents les plus mutins sont changez en Zephirs.

LA FELICITÉ.

Les maux les plus cruels sont changez en plaisirs.

Toutes deux.

Icy quand vn cœur soupire,
Vn autre cœur luy répond,
Et c'est là tout le bruit que font
Les Echos qui n'osent tout dire.

LA PAIX.

I'y veux estre tousiours, &c.

PREMIERE ENTRE'E.

BERGERS ET BERGERES.

Bergers.

LE ROY.

Le Marquis de Rassan, les Sieurs Raynal, Noblet, & la Pierre.

Bergeres.

MADAME.

Mademoiselle de Mortemart, Mademoiselle de Saint Simon, Mademoiselle de la Valliere, Mademoiselle de Seuigny.

Pour LE ROY. Berger.

Voicy la Gloire, & la Fleur du Hameau,
Nul n'a la Teste & plus belle & mieux faite;
Nul ne fait mieux redouter sa Houlette,
Nul ne sçait mieux comme on garde vn Troupeau.

Et quoy qu'il soit dans l'âge où nous sentons
Pour le plaisir vne attache si forte,
Ne croyez pas que son plaisir l'emporte,
Il en reuient tousiours à ses Moutons.

A son labeur il passe tout d'vn coup,
Et n'ira pas dormir sur la fougere,

Ny s'oublier aupres d'vne Bergere,
Iusques au point d'en oublier le Loup.

Ce n'est pas tant vn Berger qu'vn Heros,
Dont l'Ame grande applique ses pensées
Au soin de voir ses Brebis engraissées,
En leur laissant la laine sur le dos.

Pour MADAME. Bergere.

QVelle Bergere, quels yeux
A faire mourir les Dieux!
Aussy comme eux on l'adore,
Elle est de leur propre sang;
Mais sa personne est encore
Bien au dessus de son rang:
De jeunes Lis, & des Roses
Tout nouuellement écloses
Forment son teint delicat;
Enfin les plus belles choses
Prés d'elle n'ont point d'éclat.
C'est vne douceur extréme,
Et pour en dire icy le mal comme le bien,
Il est vray tout le monde l'aime,
Mais apres son Deuoir ses Moutons, & son Chien,
Ie pense qu'elle n'aime rien.

Pour Mademoiselle de Mortemart. *Bergere.*

QVe cette Bergere est belle,
A-t'elle pas vn defaut?
Vn Berger qui soit digne d'elle
N'est-ce pas tout ce qui luy faut?
A quiconque pourra tant faire
Que de la ranger sous sa loy,
La bonne affaire,
L'heureux employ!

Pour Mademoiselle de Saint Simon. *Bergere.*

GArdez-vous de ces Lis, gardez-vous de ces Roses,
Qui ne s'en gardera ne sçauroit faire pis,
Ha! quelle est dangereuse en gardant ses Brebis,
Elle a des yeux brillans qui disent mille choses,
Mais ils en donnent à garder
A qui plus qu'il ne faut ose les regarder.

Pour Mademoiselle de la Valliere. *Bergere.*

NOn sans doute il n'est point de Bergere plus belle,
Pour elle cependant qui s'ose declarer?
La presse n'est pas grande à soupirer pour elle,
Quoy qu'elle soit si propre à faire soupirer.

Elle a

Elle a dans ses beaux yeux vne douce langueur,
Et bien qu'en apparence aucun n'en soit la cause,
Pour peu qu'il fût permis de foüiller dans son cœur,
On ne laisseroit pas d'y trouuer quelque chose.

Mais pourquoy là dessus s'estendre dauantage?
Suffit qu'on ne sçauroit en dire trop de bien,
Et je ne pense pas que dans tout le village,
Il se rencontre vn cœur mieux placé que le sien.

Pour Mademoiselle de Seuigny.

D*Eja cette Beauté fait craindre sa puissance,*
Et pour nous mettre en butte à d'extrémes dangers:
Elle entre justement dans l'âge où l'on commence
A distinguer les Loups d'auecque les Bergers.

Le Marquis de Rassan. *Representant vn Berger.*

I*E porte peu d'enuie*
Aux Bergers dont la vie
Est plaine de douceur,
Ma fortune est meilleure
Si je trouue mon Heure
Où j'ay perdu mon cœur.

LA NAVIGATION.

LA Mer paroist en esloignement de laquelle Thetis sortant auec trois autres Diuinitez Marines, chante des Vers à la loüange de la Nauigation. Vn Chef de Corsaires auec quatre Pyrates de sa suite arriuent sur le Riuage ne s'esloignant jamais d'vn Element, sur lequel il a estably sa demeure.

RECIT DE THETIS,
Chanté par Mademoiselle de Cercamanan.

AVX DAMES.

NE craignez point le naufrage,
Beaux yeux, le vent ny l'orage
N'oseroient vous attaquer :
Hazardez vous dessus l'onde,
Qu'elle rie ou qu'elle gronde,
Il n'est que de s'embarquer.

Sur les flots qui s'applanissent
Mille vaisseaux s'enrichissent
Pour vn qui vient à manquer:
Vous ne ferez pas grand chose
Tant que vous direz, je n'ose,
Il n'est que de s'embarquer.

II. ENTRÉE

Vn Corsaire, & quatre Pyrates.

Corsaire.

Le Comte de S. Aignan.

Messieurs d'Heureux, Beauchamp, Saint André, & Desbrosse. *Pyrates.*

Pour le Comte de S. Aignan. *Corsaire.*

CE Corsaire tousiours suiuy de la victoire
A couru sur toutes les Mers;
Il a veu de l'Amour, il a veu de la Gloire,
Les flots doux, & les flots amers,
Et n'a point redouté leurs vagues les plus hautes,
Deuenu celebre aujourd'huy,
Pour en auoir laissé beaucoup derriere luy
Qui se sont échoüez aux Costes.

L'ORFEVRERIE.

IVnon descend dans vne Machine qui represente vne Mine d'Or, comme la Déesse qui preside aux richesses, & fait le recit pour l'Orfeurerie, en suite duquel quatre Courtisans, qui ont acheté de quelques Orfevres les superbes ornements dont ils sont parez, font la troisiesme Entrée.

RECIT DE IVNON SVR LES RICHESSES.

Chanté par Mademoiselle Hylaire.

IE répands ſur les Humains
La Richeſſe à plaines mains,
Außy pour mes Autels la ferueur eſt extrême:
Parmy tous ſes attraits, ſes charmes, ſes apas,
Amour l'auoüroit luy meſme,
La Richeſſe ne nuit pas.

Soyez beau, ſoyez bien fait,
N'ayez rien que de parfait,
Preſſez, & ſoupirez, afin que l'on vous aime,
Parmy tous ſes attraits, &c.

III. ENTRE'E.

Courtiſans chargez d'Orfeurerie.

Le Comte d'Armagnac, Le Marquis de Genlis, Monſieur Coquet, & Monſieur l'Anglois.

Pour le Comte d'Armagnac. *Courtiſan.*

VOus eſtes Courtiſan, c'eſt vne race d'hommes
Beaux, diſeurs de bons mots, jeunes, adroits, galants,

Et qui

Et qui parmy tout l'or dont on les voit brillans,
D'ordinaire chez eux n'ont pas de grandes sommes.

Pour le Comte de Sery, qui deuoit representer vn Courtisan.

IL n'est pas trop necessaire
Qu'vn Courtisan soit sincere,
Et cependant je le suis;
Demeurant tant que je puis
Dans la bonne & droite route:
Vous n'en serez jamais en doute,
Pourueu que vous en consultiez
Mes Amours & mes Amitiez.

Pour le Marquis de Genlis. *Courtisan.*

ON pardonne à ma Taille, on pardonne à ma mine;
Mais ce n'est pas nouueauté
Qu'à la Cour on m'examine
Sur le fait de la beauté.

LA PEINTVRE.

LE Theatre se change en vne Galerie ornée de plusieurs Tableaux & Statuës, du fonds de laquelle sortent les Ombres de ces deux grands Peintres de l'antiquité Zeuxis & Apelle, qui font entre-elles vn Dialogue seruant de recit à l'Art de la Peinture. Quatre Peintres grotesques, suiuis de leurs Valets, auec quatre Dames ridicules qui vont se faire peindre, dansent cette Entrée d'vne maniere plaisante & bizare.

DIALOGVE.

D'APELLE, ET DE ZEVXIS.

Chanté par Messieurs de Beaumont, & d'Estiual.

APELLE.

MA Venus a charmé les Hommes les plus fins,
Et je suis au dessus de tout ce que nous sommes.

ZEVXIS.

I'ay trompé les oyseaux en peignant des Raisins,
C'est autant pour le moins que de charmer les hommes.

Tous deux.

Apres de si grands efforts,
Nous faisons bien d'estre morts ;
Ces modernes Pinceaux imitant la Nature,
Pretendroient de nous surpasser,
Et nous auroient fait renoncer
A la Peinture.

APELLE.

Quel honneur qu'on n'ait point acheué ce Tableau
Ou l'Amour mesme à crû que je flatois sa Mere.

ZEVXIS.

Quel honneur d'auoir fait vn ouurage si beau,
Que ceux qui m'ont suiuy n'ont jamais pû mieux faire.

Tous deux.

Apres de si grands efforts, &c.

IV. ENTRE'E.

Peintres.

Les Sieurs de Lorges, le Chantre, le Comte, & Desbrosses.

DAMES.

Monsieur Molier, les Sieurs des Airs le cadet, Païsan, & Desonets.

VALETS.

Monsieur Cabou, le Sieur Doliuet.

Pour les Peintres,

AUX DAMES.

Beau sexe, qui par nous venez à bout de l'autre
Flatez ce qui vous flate, & vous prete secours,
Sous vostre Toile, helas! vous n'estes pas tousiours
Comme vous estes sur la nostre.

LA CHASSE.

Diane sort d'vne Forest, en laquelle la face du Theatre s'est changée, & accompagnée de quelque Nymphes, fait vn recit auquel plusieurs instrumens respondent, & Cephale suiuy de six autres Chasseurs, danse cette Entrée.

RECIT DE DIANE.

Chanté par Mademoiselle de la Barre.

AMour se glisse dans nos bois,
Euitons bien ses entreprises
Nous prenons des Bestes par fois,
Craignons nous-mesmes d'estre prises:
Il est bon de s'en défier,
Tous les cœurs sont de son gibier.

Afi

Afin de nous assujetir ;
Il est tousiours en embuscade,
Il ne faut par fois qu'vn soupir,
Il ne faut qu'vne simple œillade.
Il est bon de, &c.

V. ENTRE'E.

Chasseurs.

Monsieur le Duc *Cephale.*
Chasseurs.
Le Duc de Beaufort, les Marquis de Villeroy, & de Mirepoix, Monsieur Bontemps, Monsieur Langlois, & le Sieur de S. André.

Pour Monsieur le Duc. *Cephale.*

IL arriue souuent comme l'Amour est fin,
Que d'vn projet de Chasse vne affaire est couuerte,
Quand vn jeune Chasseur se leue si matin,
Qu'il est passionné, que sa flame est soufferte,
Vn mary comme vn Cerf doit se tenir alerte.

Pour le Duc de Beaufort. *Chasseur.*

L'Exercice est tout ce que j'ayme,
Et je n'en fais pas pour vn peu,
Ie vais au Bois, quelquesfois mesme
Ie vais à l'Eau, je vais au feu.

Pour le Marquis de Villeroy, *Chaſſeur.*

VOus eſtes jeune, adroit & parfaitement bien
En tout ce qui compoſe vn fort leſte équipage,
A vous dire le vray ce ſeroit grand domage
De chaſſer tout le jour, & de ne prendre rien.

Le Marquis de Mirepoix, *Chaſſeur.*

ENtre tous ces Chaſſeurs qui taſchent de bien faire,
Comme les autres j'ay paru,
O! que j'aurois fait bonne chere
Si j'auois atrapé tout ce que j'ay couru.

LA CHIRVRGIE.

VNe ſalle remplie de pluſieurs Vaſes de Porcelaines, & de toutes les choſes qui peuuent remedier aux accidens qui arriuent au corps humain, ſert de Decoration à l'Art de la Chirurgie. Eſculape, Dieu de la Medecine, auec quelques vieux Docteurs en ſort & fait le recit.

Pluſieurs Eſtropiez de toutes les manieres, danſent vne fort ridicule Entrée, qu'vn Chirurgien ſçauant & adroit ayant veuë, il les met en eſtat, par leur guerison entiere, d'en danſer vne autre auec beaucoup de diſpoſition.

RECIT D'ESCVLAPE.

SVR LA MEDECINE.

Chanté par Monsieur de la Grille.

BEl Art, qui retardez l'infaillible trépas,
En secrets merueilleux vostre science abonde,
Faut-il que vous n'en ayez pas
Contre le plus commun de tous les maux du monde?

Vn cœur tout languissant, & qui s'en va mourir,
Mettroit-il son espoir en vos seules racines?
C'est à l'Amour à le guérir,
Et comme il fait les maux, il fait les medecines.

VI. ENTRE'E.

Vn Chirurgien, quatre Docteurs, & huit Estropiez.

Monsieur de Lully, *Chirurgien.*

Les Sieurs la Vigne, Besson, Magny, & Barry, *Docteurs.*

Monsieur Geoffroy, les Sieurs Raynal, Bonard, le Conte, Païsan, la Pierre, Noblet & Laleu, *Estropiez.*

Pour Monsieur de Lully, *representant vn Chirurgien.*

I'Estois perdu moy-mesme, & tous ceux que je voy
Qui sont aux Incurables

Perclus & miserables
Ne s'aydoient pas si mal de leurs membres que moy.
Dans mon infirmité ne sçachant plus que faire,
Le Dieu du Mariage à qui je fus contraire,
L'auroit-on crû si bon pour vn Estropié?
M'a guéry tout à fait & mis sur le bon pié,
Cette Diuinité, ma chere protectrice
N'en ayant pas laissé la moindre cicatrice.

LA GVERRE.

VN Camp orné de plusieurs Tantes & Pauillons, montre que l'Art de la Guerre va se faire voir: Mars & Bellonne dans vne Machine ayant chanté des Vers en Dialogue à la loüange de cét Art, qui produit tant de Renommée & de gloire à ceux qui l'exercent dignement. La Déesse Pallas toute brillante, & aussi considerable par sa valeur que par sa beauté descend du Ciel; & se joignant à quatre charmantes Amazones danse la septiesme Entrée: Apres qu'vn grand concert de plusieurs instrumens a succedé au recit de Mars & de Bellonne.

Dialogue

DIALOGVE
DE MARS ET DE BELLONE.

Mademoiselle Hilaire, *Bellone.*

Monsieur Don, *Mars.*

MARS.

QVoy, jamais plus de ſang?

BELLONE.

Quoy, jamais plus de morts?

MARS.

La Paix a pour long-temps étouffé les diſcords,
Et reüny les premiers Trônes.

BELLONE.

Ne nous deſeſperons pas,
J'aperçoy des Amazônes
Qui vont faire du fracas.

Tous deux.

Ces aymables foudres de guerre
Qui font nos Braues trembler,
Ont dequoy depeupler la terre,
Et dequoy la repeupler.

MARS.

Que leurs coups ſont cruels!

BELLONE.

Que l'on craint leurs regards,

MARS.

Elles mettront bien-tost le feu de toutes parts,
Et vont donner mille batailles.

BELLONE.

S'il ne s'agit seulement
Que de voir des funerailles,
Nous aurons contentement.
Tous deux.
Ces Aymables, &c.

VII. ET DERNIERE ENTRE'E.

Vertus, Pallas, & Amazones.

Pallas. MADAME.

Amazones. Mademoiselle de Mortemart, Mademoiselle de S. Simon, Mademoiselle de la Valliere, & Mademoiselle de Seuigny.

Pour Madame, *representant Pallas.*

A Voir la dignité, la pompe, les Richesses,
L'éclat de la personne, & la splẽdeur du Nom,
Et tout ce qui conuient aux premieres Deesses,
Diriez-vous pas que c'est la superbe Iunon?

A voir comme on la ſuit en adorant ſes traces,
Comme elle enchaiſne ceux qui d'elle ſont connus,
Comme elle a dãs ſes yeux les Amours & les graces,
Diriez-vous pas que c'eſt la charmante Venus?

C'eſt Pallas elle-meſme, ou quelqu'autre Heroïne,
Qui cache ſa fierté ſous beaucoup de douceur,
Et ſans en affecter la redoutable mine,
Elle en a les Vertus, l'eſprit, le noble cœur.

Si Pâris reuenoit, nous verrions ce ieune homme
Bien moins embaraſſé qu'il ne fut autrefois;
Il n'auroit qu'à donner à celle-cy la Pomme,
S'il vouloit eſtre quitte enuers toutes les Trois.

Pour Mademoiſelle de Mortemart, *Amazone.*

QVe d'appas, d'attraits, & de charmes,
Pour le dire en vn mot, que d'armes!
Vous auez quelque affaire, & ie le preuoy bien,
Eſt-on comme cela pour rien?
Eſt-ce pour attaquer? eſt-ce pour vous deffendre?
Car ie vous donne auis qu'on tâche à vous ſurprendre,
Soyez en defiance aux lieux où vous allez,
Tel pourroit s'enhardir, encor qu'il vous redoute,
Ie ſçay qu'on vous en veut, & voſtre cœur s'en doute,
Dites-nous à l'oreille à qui vous en voulez?

Pour Mademoiselle de S. Simon, *Amazone.*

CEtte ieune Amazone auec ses doux regards,
Met indifferemment le feu de toutes parts,
Et de la sorte qu'elle frape,
Amy comme ennemy, personne n'en échape,
C'est des ieunes Beautez le procedé commun,
Elle s'en lassera peut-estre,
Apres auoir ainsi frapé sans reconnoistre
Souuent dans la meslée on s'attache à quelqu'vn.

Pour Mademoiselle de la Valliere, *Amazone.*

DIuine AmaZone, tout bas,
Contez-nous quelle est vostre gloire,
Volontiers n'affecteZ-vous pas
D'étaller trop vne victoire,
Les procedez sont differends,
Les vnes comme des Torrens
Courent & rauagent la Terre,
Les autres au contraire aprehendant l'éclat
Font les plus beaux coups de la Guerre
Comme on fait vn assaßinat.

Telle a mille cœurs sous ses loix,
Craignant de viure trop à l'ombre,
Telle considere par fois

La

La qualité plus que le nombre :
Ie voy luire dans vos beaux yeux
Vn certain air imperieux ,
Fatal au repos des plus Braues ,
Et ne conte pas moins qu'Alexandre & Cesar ,
En me figurant des Esclaues
A la suite de vostre Char.

Pour Mademoiselle de Seuigny, *Amazone.*

B*Elle & jeune Guerriere, une preuue assez bonne*
Qu'on suit d'une Amazone & la regle & les vœux,
C'est qu'on n'a qu'vn Teton, ie croy, Dieu me pardonne,
Que vous en auez déja deux.

LEs Amazones s'estant retirées, Pallas paroist de nouueau auec les vertus qui la suiuent par tout, vestuës des couleurs qui leur conuiennent le plus, & qui sont.

La Fidelité, representée par le Comte de Saint Aignan, & vestuë de bleu.

La Beauté, d'incarnat par Monsieur de Souuille.

La Force, de couleur de feu, par le Sieur Raynal.

La Prudence, par le Sieur des Airs l'aisné, habillée de cette couleur changeante qu'on voit dans la peau des Serpens.

La Chasteté de blanc, par le Sieur de Lorges.

Et la Constance par le Sieur des Airs le cadet, vestuë de vert ; & representant la fermeté de la Terre. Cette huitiesme & derniere Entrée concluant tout le Ballet des Arts.

Pour le Comte de S. Aignan, *representant la Fidelité.*

SA mine prouue assez, ce que son cœur doit estre,
L'honneur y va bien loin deuant l'vtilité,
Pour la Maistresse & pour le Maistre,
C'est la mesme Fidelité.

FIN.

BALLET
DES BERGERS
CELESTES, ET BOUFFON-
NERIE DES FILOUS.

A PARIS,
Chez NICOLAS CALLEMONT,
ruë Quiquetonne.
M. DC. XXVIII.

BALLET DES BERGERS CELESTES, ET BOVFFONNERIE DES FILOVS TROMPEZ.

Sur le ſuject de la Bouffonnerie.

SONNET.

DEVX Filoux ſe verront ſurpris,
Prenans le Tabac & la Biere,
De deux marchands, qui par derriere
Leur reprendront ce qu'ils ont pris.

Sy bien qu'à voſtre apres ſouppée,
Vous n'aurez diuertiſſement
Qui ne ſoit manifeste ment:
Ou de l'eau, ou de la fumée.

Ainſy noſtre confeſſion,
Permet qu'à ſa confuſion
Vn chacun de vous puiſſe dire.

Que dans nos vers & dans nos pas,
Les plus subtils n'y trouuent pas
Le secret qui peut faire rire.

Pour l'entrée, deux Volleurs.

AVX DAMES.

Toutes les belles actions
Et les rares perfections
De nos troupes determinées,
Armees de tranchans cousteaux
Ne sont qu'à chercher des manteaux:
Tels que ceux de vos cheminées.

Seconde entrée, deux Marchands.

AVX DAMES.

Si cheminans tard par la ruë,
Quelque esueillé Filou se ruë
Dessus nos laineuses maisons,
Nous nous cacherons souz les vostres:
Sy pour en faire faire d'autres
Vous nous refusez vos toisons.

Troisiesme Entrée.

GRAND BALLE

GRAND BALLET.

Troisiesme entrée,

Vn vendeur de Tabac, & vn d'eau de Vie.

AVX DAMES.

La noirçeur de ceste fumée
Sort de nostre pipe allumée,
Et prouient d'vn feu vehement
Que nous cachons dedans nostre Ame,
Qui ne peut estre que la flame
Des yeux qui nous vont consumant.

Les Bergers Celestes.

AVX DAMES.

Sy Pallas dans les Cieux fut iamais reuerée,
Sy la belle Cypris fut iamais adorée,
Et si Iunon pompeuse au Palais Fraternel
Void regner sa grandeur dans le Trosne Eternel.
Les Dieux doiuẽt-ils pas porter vostre memoire,
A vn degré plus haut que celuy de leur gloire?
Vostre beauté ne peut auoir moins merité,
Puis qu'vne fable cede à vne verité
Aussy Iupin rauy de l'effort de vos charmes
Vous offrant sa Corõne, & son ceptre, & ses armes,
Enuoye ceste Troupe annoncer aux mortelz,
Que vos perfections meritent des Autelz.

Venus à qui la Pomme en iugeant fut donnée,
Se confesse vaincuë, & vostre renommee
Rend honteux le Berger qui luy donna ce pris:
Pour ne vous pas cognoistre il s'est ainsi mespris.

Recit.

AVX DAMES.

Les Dieux forcez de leur Martyre,
Nous ont fait descendre des Cieux:
Pour confesser deuant vos yeux
Qu'ils releuent de vostre Empire:
Et desia vos puissants attraits
Nous blessent plus que milles traits.

Et ce Dieu mesme à qui les fleches
Ont donné le nom de vainqueur,
Dit s'estre fait dedans le cœur
Quantité de mortelles bréches:
Et que vos aymables attraits,
Sont plus aygus que tous ses traits

Mars dit n'auoir de fortes armes,
Pour resister à vos appas,
Et Bachus dit n'en auoir pas
Pour parer les coups de vos charmes:
Le seul obiect de vos attraits
Les blessent d'incroyables traits.

Le Ciel a deputé Mercure
Pour commander à nos Bergers,
Qu'ils vous fussent les Messagers
Du bien que son soin vous procure:
Puis que vos aymables attraits
Blessent d'ineuitables traits.

Aduoüant que si quelques marques
Distinguent l'honneur entre nous,
En cela les mains de ses Parques
Ne doiuent filer que pour vous;
Puis que vous auez des attraits
Aussy puissans que tous ses traits.

FIN.

VERS
DV BALET
DES BALETS.

A PARIS,
De l'IMPRIMERIE de Claude Hulpeau, au bout du pont S. Michel, à l'entrée du Marché-neuf, à l'Image sainct Nicolas.

M. DC. XXVI.

VERS

DV BALET DES BALETS.

Le Polonois aux Dames.

LE bruit de vos perfections,
Dont Amour declare la guerre:
A tout autant de nations,
Qui respirent dessus la terre.
M'ameine en ce pays pour voir
Si vous auez tant de pouuoir
Comme le renom le publie
Mais chef-d'œuures de la beauté,
Ie recognois qu'il en oublie,
Cent fois plus qu'il n'en a conté.

Belles, les delices des yeux
A nos libertez si fatales,
On ne peut trouuer sous les Cieux
De beautez qui vous soient égales,
Aussi ie ne m'estonne pas
Contemplant vos diuins appas,
Si l'Amour a de si grandes charmes
Est-ce merueille qu'vn enfant
Se soit rendu si triumphant
Armé de si puissantes armes.

Ie benis l'heure & le moment,
Qui me feit voir cette contrée,
Bien qu'ils soient cause du tourment,
Par qui mon ame est martyrée,
Les Cieux nous vendent le bon-heur,
Ie paye auecque la douleur,
L'heur extreme de vostre veuë,
Dieux ! que ce mal me sera doux
Si la peine vous est cogneuë
Que ie veux endurer pour vous.

Ie donne le dernier adieu
Au froid sejour de ma naissance,
La Poloigne n'est pas vn lieu
Qui soit preferable à la France,
Car on trouue icy les attraits
Dont l'Amour acere les traits,
Qui blesse les plus belles ames,
Qu'on me pardonne si ie dis,
Qu'abordant ces diuines Dames
Ie pense estre en vn Paradis.

I. V.

POVR LE POETE,

Aux Dames.

NYMPHES *dont l'éclat sans pareil,*
A fait retirer le Soleil,
Pour donner à son tour au monde la lumiere,
Beaux ornemens de l'Vniuers
Ma Muse est en langueur, & manque de matiere,
Lors que vous n'estes pas le sujet de mes vers.

Mais

Mais si tost qu'il faut vous loüer,
Chacun est contrainct d'auoüer
Que ma veine se rend la plus riche du monde,
Et cela me semble si dous,
Que mon ame iamais de tant d'aise n'abonde
Que quand i'ay le bon-heur de composer sur vous.

N. F.

LES FAISEVRS DE BALETS,

Aux Dames.

CHERES *delices de nos yeux,*
Qui de la richesse des Cieux
Epandez l'éclat sur la terre,
Belles, qui sçauez tout rauir
Ne nous declarez point la guerre,
Pour nous forcer à vous seruir.

Des-ja nos esprits & nos cœurs
Recognoissent pour leurs vainqueurs
Les dous charmes de vos visages,
Tout se doit rendre à leur beauté,
Et nous preferons nos seruages
A la plus douce liberté.

Nous-nous tiendrons les plus heureux
De tous ceux qui sont amoureux
Si vous auouez nos seruices,
Et selon nostre ardent desir
Pouuez dedans nos exercices
Receuoir vn peu de plaisir.

Nous sommes experts en nostre art,
Qui nous voudra tirer à part
En pourra voir l'experience,
Mais les discours sont superflus,
Prenez chacune en diligence
Le balet qui vous plaist le plus.

Nous auons les manches chez nous,
Dont le maniment est si dous
Que c'est à regret qu'on les quitte,
Et les maris ont beau crier
Quiconque en a tousiours medite
Sur les moyens de balayer.

Si vous voulez nostre secours,
Nous ferons en cinq ou six tours
La besongne de vos seruantes,
Et vos plus secrets cabinets
N'ont point de si petites fentes
Où nous ne les randions bien nets.

N. F.

POVR LE VALET DES FAISEVRS DE BALETS, à vne Vieille qui les portoit au marché.

VIEILLE *l'horreur des yeux, mégere espouuantable,*
Si vous estiez semblable
A celles dont l'œil sçait mille traits décocher,
Vous n'emporteriez de la sorte
Ces balets dedans vostre hotte,
Ie vous les voudrois enmancher.

I. V.

LA HOTEVSE.

VALET, ne charge plus mon dos,
Laisse luy prendre du repos,
Le gain n'égale pas ma peine,
Si je porte d'or-en-auant
Tant de fardeaus sans prendre haleine,
Ce sera dessus le deuant.

N. F.

Pour vn joüeur de Violon.

IRIS, dont j'ay tousiours aimé l'humeur accorte,
Si toutes mes chansons rendent vn ton si hault :
C'est que du violon qu'à toute heure je porte,
Les nerfs en vous voyant bandent plus qu'il ne fault.

G. C.

Pour les Danceurs.

AV bruit de ces doux instrumens,
D'vne tremoussante allegresse
Nous faisons plus de mouuemens
Que Thais n'en fit dans la Grece:
Depuis long temps nous sommes seurs
Qu'on nous prend pour de bons danceurs
Quand nous faisons la cabriole:
Aussi sans nous flatter en rien,
Nous nous vantons de sçauoir bien
Toute dance horsmis l'Espagnole.

Mais voyant en ce beau sejour
Des beautez en telle abondance,
Pour suiure les loix de l'Amour
Nous quittons celles de la dance.
Si l'on nous faict quelque faueur,
Nous aimerons auec ferueur
La douce cause de nos flâmes;
Et ferons voir en ces transports
La legereté de nos corps,
Et la constance de nos Ames.

G. C.

Les Danceurs, Aux Dames.

BEAVTEZ, *en qui les Dieux ont voulu se pourtraire,*
Que vos yeux nompareils qui triomphent de tous
Sçauent recompenser d'vn iniuste salaire,
La douceur des plaisirs qu'ils reçoiuent de nous.

G. H.

Le Cordonnier, Aux Dames.

I'ENTENS *à bien chausser les Dames,*
Mieux que Cordonnier de Paris,
Aussi fais-je plus pour les femmes
Que je ne fais pour les maris;
Et la marchandise est si forte,
Belles qu'en besongne je mets
Qu'elle durcit plus on la porte
Et dans l'eau n'amolit jamais.

I. V.

Le vendeur de Masques, Aux Dames.

QVELLE *erreur a de son poison,*
Troublé des hommes la raison,
Ils se couurent tout le visage,

Laissant à descouuert cet endroit seulement,
Par ou l'on voit vos traits blesser plus viuement,
Et par ou dans les cœurs vos yeux trouuent passage.

G. H.

Le Vendeur de Coiffeures, Aux Dames.

QVE *le Ciel est contraire à ma felicité,*
Et que nostre prudence abonde en vanité,
Ie viens dans ce beau lieu pensant gaigner ma vie,
Et je vois maintenant que le sort enuieux,
Qui sous ses dures loix la retient asseruie,
M'expose pour la perdre aux flâmes de vos yeux.

G. H.

Pour le Peintre, Aux Dames.

AVECQVE *l'art de la Peinture,*
I'imite si bien la nature,
Que chacun veut de mes portraits:
Ie ne vous conte point vne chose friuole,
A tous les tableaux que je fais,
Mon pinceau donne la parole.

I. V.

Le Tailleur d'habits, Aux hommes.

Vovs qui nous accusez d'auoir l'ame seruile,
Et qui méprisez l'art où s'occupent nos mains,
Voyez combien il sert au repos des humains,
Et confessez au moins qu'il n'est pas inutile:
Car si le seul objet des charmes glorieux,
Que ces rares beautez descouurent à vos yeux,
Rend de tous les plaisirs vostre ame despourueuë:
Si vous pouuiez à nu contempler ces appas,
Qu'vn vestement jaloux dérobe à vostre veuë,
Quel miracle pourroit vous sauuer du trespas?

G. H.

l'Auantcoureur des Eceruelez, coiffé d'vn Moulin auant.

Ne me blasmes point, ô ma belle,
Pour me voir auecque ceux-cy,
Bien que je sois comme eux vn homme sans ceruelle,
Ie ne suis pas comme eux vn homme sans soucy.

Du jour que ton bel œil m'enflâme,
Ses ardeurs tant de mal me font,
Que le vent amoureux des souspirs de mon Ame,
Fait tourner le moulin que j'ay dessus le front,

Que je hais ces cœurs infidelles
Qu'on voit changer à tous momens!
Pour moy, belle Philis, si je porte des aisles
Ce n'est que pour voler à tes commandemens.

G. C.

Pour les E'ceruelez.

Povr répondr'a certaines bêtes
Qui pensent parler sagemant,
Nous confessons avoir des têtes
Sans ceruell', é sans jugemant:
Mais pour cajoller quelque belle,
De même qu'on en voit ici,
Nous en portons d'autrez aussi,
Qui ne manquent point de cervelle.

L. M.

Le Goguelu. Aux Dames.

Qvel astre vient sur moy répandre son poison,
Depuis qu'on void mes jours sur l'oriZon,
Le soucy n'eut jamais d'empire dans mon ame.
Mais helas! en entrant dans ces funestes lieux,
Ce tyran qui tousiours suit l'amoureuse flâme,
Pour me mettre en ses fers, s'est seruy de vos yeux.

P. H.

La Gogueluë de son mary.

Bien que dedans mon ame, & dessus mon visage
La gayeté, les riz, les delices, l'amour,
Ainsi que dans leur temple y fassent leur sejour,
Et que mes yeux des pleurs ne sçachent point l'vsage,
Ne penseZ pas pourtant qu'au profond de mon cœur,
Le soucy bien souuent ne me traitte en vainqueur,
Quand ie viens à penser qui payera les debtes,
Que depuis quelques nuicts ce gros dormeur a faites.

P. H.

l'Amoureux de la Goguelüe, Aux Dames.

BELLES, *j'adore vne beauté,*
Dont les yeux ont tant de puissance,
Que contre eux nulle liberté
Ne peut faire de resistance,
Nous auons pour nous voir elle & moy resolu
D'anyurer à ce soir son mary Goguelu,
Indigne de iouyr d'vne chose si belle
Mais sçachez ô beauté dont les yeux sont si doux
Que je ne feray rien cette nuict auec elle,
Que je ne fisse bien encore auecque vous.

I. V.

Recits du Balet des Balets.

EXCVSEZ *Messieurs les François*
Vn pauure Prince Polonois,
Qui veut s'offrir de vous plaire,
Ses desseins n'estoient pas trop lais
Mais par malheur il a fait faire
Des balais au lieu de Balets,

Il a choisi pour son autheur,
Vn fort joly Compositeur,
Au beau milieu d'vn jeu de quilles,
Vn Poëte de la place aux Veaux
Qui prend des vers pour des chenilles,
Et des Muses pour des museaux.

Deuxiesme

Deuxiesme Recit.

LE Balet s'en va commencer,
Et lors que le Maistre à dancer
Fera ses cadances paroistre,
Vous serez tous bien esbahis:
Car vous ne prendrez plus mon Maistre
Pour vn homme de son pays.

Il va par sa dexterité,
Monstrer que son agilité
Comme sa force est naturelle,
Et que s'il est estropié
De l'esprit & de la ceruelle,
Il ne le fut jamais du pied.

Recit du grand Balet des quatre Estropiez de Ceruelle.

NOVS sommes quatre éceruellez,
Que l'Amour tyrannise,
Respondez-nous amis si vous voulez,
Quand reuiendra Denise.

Comme on void par tout le Soleil
Luire dessus la terre,
Ainsi l'amour suit vn mauuais conseil,
En nous faisant la guerre.

Ce petit Dieu victorieux
Attaquant tout le monde,
Tesmoigne bien qu'il n'est pas curieux
Assez de sa rotonde,

B. R.

BALET DES CHEVALIERS ERRANS.

DANCÉ CHEZ LA REYNE.

A BRUXELLES,
Chez Godefroy Schoeuaerts, à l'Enseigne du Liure blanc. 1638.

Auec Permission.

RECIT DE LA MVSIQVE A L'HONNEVR DE LA

REYNE.

Reyne dont les vertus ont tant de charmes
Que ce grand Roy en deuint amoureux
Immolant à vos pieds toutes les armes,
Dont se seruoit son bras victorieux,
Vos actions de tout point sans pareilles
Ne peuuent pas dans mes vers s'exprimer,
Qu'en vous nommãt la Reine des Merueilles
Dans l'exces de vos maux vostre constance,
Est sans exemple & sans comparaison
Vostre ressentiment dedans l'offance

Sans peine prent conseil de la Raison,
Ces actions de tout point sans pareilles
Ne peuuent pas dans mes vers s'exprimer,
qu'en vous nommãt la Reine des Merueilles.

VEritablement on ne doit plus parler des merueilles de la Nature, en presence de nostre Grande Reyne, cõme etãt eleuée infinimẽt au dessus de toutes ensemble. Que peuton voir de plus merueilleux, que sa Grandeur de plus admirable que sa Bonté, & de plus adorable que sa Constance: les Siecles ont beau produire chacun à l'enuy, des nouuelles merueilles. Le nostre emporte l'auantage, puis qu'il nous fait admirer en cete parfaite Princesse tout ce que le passé nous sçauroit raconter. Et tout que l'aduenir nous peut prometre.

PRE-

PREMIERE ENTREE

Du contre-porteur, vendeur d'Almanachs

AVX DAMES.

DEs Almanachs pour cette année,
Ie vends des Almanachs nouueaux,
Qui disent que la Destinée
Fera bien-tost finir nos maux,
Ie debite aussi les gasettes,
Auec des nouuelles secretes.

MEs Dames (vn mot à l'oreille) j'ay vne piece à vous debiter en cachettes, où vous pouuez apprandre tout ce que vous sçaurez le lendemain de vos Nopces.

SECONDE ENTREE

Des quatre Bossus.

AVX DAMES.

AVec vne bosse importune,
Qui parroist derriere & deuant,

Dans l'amour en cherchant fortune,
Nous n'attrapons rien que du vent,
Vous nous croirez par auanture
Fins & mefians de nature,
En voyant nos paquets sur nous,
Mais vous auez tout l'auantage
Car notre petit equipage
Ne se dresse point que pour vous.

IL est vray que la Nature nous a rendus contre-faicts ; & nous la contrefaisons aussi si bien en amour, que toutes celles qui nous ayment deuienent confaites : Mais le deffaut toutesfois en est si agreable que les plus chastes en soupirent secretement d'enuie vne fois le jour: Mes Dames, ne vous moquez pas de nos bosses, ce sont des fruicts que l'amour peut planter dans vos jardins.

TROISIEME ENTREE.

Du Cousin du Cours.

AVX DAMES.

IE suis Cousin de force gens,
Estant d'vne race feconde,
Si tous les fous qu'on voit au Monde
Sont recognus pour mes Parens.

CE Cousin fait faire tous les jours des nouuelles aliances par son comerce & quoy que le public y soit interessé, pas vn en particulier ne s'en ose plaindre, de peur que sa cholere decelant sa jalousie tout le Monde ne soit aussi si sçauant que luy. C'est vn nouueau Renard qui se nourrit de poulets plutost que de poules. Il y en aura beacoup cete année, si l'Almanach ne ment pas, qui accroitront ses rentes.

QVA-

QVATRIEME ENTREE.

De Madame Sacatrape.

AVX DAMES.

IE ſuis fole, je le confeſſe,
D'amener mon train deuant vous
Dans ce balet où l'on ſe preſſe,
Pour y venir voir d'autres fous
Ceux-là que vous verrez moins rire,
Ce ſont ceux-là que je veux dire.

CEſte folle d'amour a tant de Parens que ſi l'on vouloit preuuer ſes quartiers on treuueroit qu'elle ſeroit vne des mieux alliées de l'Europe. Tout le Monde ſe moque de ſa maladie ſans conſiderer qu'elle eſt contagieuſe. Mes Dames ſi vous etiez condemnées à faire raiſon à tous ceux a qui vous l'otez, les hoſpitaux ſeroient bien-toſt remplys de cete ſorte de malades.

CIN-

CINQVIEME ENTREE.

Du Mareſchal d'Amour, auec les chameaux qui portent le bagage de Madame Sacatrape.

AVX DAMES.

ON m'a faict Mareſchal d'Amour,
Pour batre le fer nuict & jour,
Dans cette ville de Bruxelles,
Mes Dames, je ſuis bien pourueu,
Venez alumer vos chandelles
A la lumiere de mon feu.

IE ſuis Mareſchal de mon metier. I'ay vn marteau fort excelēt, mais je cherche par tout de bonnes enclumes pour y batre deſſus vn ouurage de ma façon : Ne me prenez pas pourtant pour Vulcan; encore que je luy reſſemble d'induſtrie: Nous ſommes fort differens d'humeur, car je fais tout ce qu'on luy a fait & dōne par auāce tout ce qu'on luy a preté autrefois. Que ſi quelqu'vne de vous autres en doubte, je luy forgeray des preuues ſi ſenſibles, qu'elle ne demandera jamais d'autre caution.

SIXIEME ENTREE.

Des femmes de village remportant leurs Maris de la tauerne vn jour de marché.

AVX FILLES.

Nous portons coucher nos Maris,
S'etant enyurez d'auanture,
Nos amis n'en sont pas marris,
Car le profit leur en demure.

Vous auez beau rire de nous voir porter nos Maris coucher, si vous auiez part au plaisir qui nous en reste vous en ririez bien d'auantage. Vn Mary n'incommode jamais dans vne hoste: Car tan-dis qu'il dort à son aise, sa femme le veille sans s'ennuyer. Ce sont des Maris à la mode, de l'humeur que nous sommes, Nous aymons bien mieux qu'ils soient yures que jaloux.

SEP-

SEPTIEME ENTREE.

Des hommes renuersez.

AVX DAMES.

NOus sommes gens des Antipodes,
Venus au bruit de vos Ebats,
Pour montrer aux Dames les modes
Des mouuemens la tete en bas,
Promptes à broucher par Nature,
Alez ainsi que nous alons,
Si vous tombez par auanture
Ce sera dessus vos talons.

NE vous estonnez pas si nous dansons à la reuerse, puis que tout le Monde se fait de meme, l'Amour nous en a apris le branle, & si vous voulez etre de la partie, les violons ne vous couteront rien.

DERNIERE ENTREE.

Des femmes doubles.

Nous tirons vn grand aduantage
Dans vn ſexe qu'on tient infidelle & moqueur,
De porter vn double viſage,
Pour ceux qui ont vn double cœur.

Mes Dames, on ne vous blamera jamais d'auoir deux viſages, ſi vous etez d'humeur à faire pluſieurs ſeruiteurs, la feintiſe ne vous ſied pas mal : Il faut etre double en ce tems puis qu'on ne dupe que les ſimples.

Balet de parade des Cheualiers errans.

Ces Cheualiers ſont encore ſi las d'auoir trop couru le Monde, qu'ils ne ſçauroient danſer leur grand Balet. Ils ne faut jamais s'expliquer deuant les bons eſprits: Le porteur vous dira le reſte.

FIN.

BALLET DES CINQ SENS DE NATVRE.

PRESENTE' A LA REYNE.

Qui doit estre dansé le Lundy 10. Ianuier 1633. & les trois iours suiuans, à deux heures precisément, au Ieu de Paume du petit Louure, aux Marests du Temple.

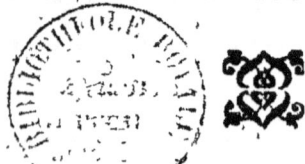

A PARIS,
Chez PIERRE ROCOLLET, au Palais, Imprimeur & Libraire de la Maison de Ville, aux armes de la Ville.

M. DC. XXXIII.
AVEC PRIVILEGE DV ROY.

Ce meme ballet a paru avec un frontispice different et intitulé ainsi Ballet des cinq sens de nature. Seconde partie du ballet des effets de la nature ou des sept planettes. qui se dancera au jeu de paume du petit Louvre aux marests du temple. a Paris [illegible]
Le reste est entierement pareil, la même impression, la même edition.

SVIVANT & conformément au Breuet donné par le Roy à Horace Morel, Commissaire general de ses feux d'artifice, en datte du 17. de May 1631. signé LOVIS, & plus bas, DE LOMENIE; Et depuis verifié par Monsieur le Lieutenant Ciuil, & du consentement de Monsieur le Procureur du Roy, en datte du 8. Nouembre 1632. au pied d'vne requeste presentée par ledit Morel; Luy & ses Associez en la conduite des Ballets qu'ils doiuent representer publiquement en vertu dudit Breuet qu'il en a de sa Majesté, & verification d'iceluy; ont choisi sous le bon plaisir de sadite Majesté, & de Monsieur le Lieutenant Ciuil, Pierre Rocolet, Pierre Chenault, & Iean Martin, pour imprimer, vendre, & distribuer tout ce qui concernera generalement lesdits Ballets. Promettant de les proteger enuers & contre tous, & faire saisir toutes autres copies qui se trouueroient faites par autres que les susdits Libraires & Imprimeurs, comme il est plus amplement porté par l'accord fait entre lesdits Morel & ses associez, & lesdits Rocolet & consors, le septiesme iour de Decembre mil six cens trente-deux.

SVIET DV BALLET DES CINQ SENS DE NATVRE.

DANS le Ballet precedent des effects de la Nature, on a veu les sept Planettes se presenter pour verser leurs influẽces sur l'Enfant qui estoit à naistre. Et comme les postures, les feintes, & les decorations de la Scéne n'ont point despleu en celuy-la, on doit esperer qu'en celuy-cy elles ne seront pas moins agreables.

La premiere entrée sera d'vn Astro- *Recit.*

logue, qui portât vne Sphere en main, consultera les Astres sur le point de la Naissance de cet enfant. Apres qu'il aura faict son Recit, la femme grosse se presentera dans vne chaire portée par huict Nains, lesquels en dançât, la poseront sur le Theatre, où sa mere & son mary la viendront consoler. Ce sera là que sentant les douleurs qui précedét l'enfantement, elle fera mine de vouloir accoucher. On ira querir la sage femme, les Medecins, & l'Apoticaire, qui trauailleront tous innutilement pour elle. C'est pourquoy on inuoquera la Deesse Lucine, laquelle viendra faire heureusemét accoucher ceste femme. Elle mettra deux enfans au monde, mais tous deux stupides, & sans aucun sentiment. Ce qui sera cause qu'apres quantité de souspirs & de plaintes, on aura recours aux prieres. Alors Iupiter descendra du Ciel en terre, & dans vn Recit qu'il chantera, prometttra d'enuoyer à ces Enfans les cinq Sens de Nature.

A peine ſera-t'il remonté au Ciel, que l'on vetra paroiſtre l'odorat ſoubs l'habit & le viſage de la Deeſſe Flore, laquelle ſera ſuiuie de pluſieurs Bouquetieres, de certains Marguilliers qui receurôt de grands bouquets d'elles, & de quelques Eſpagnols qui fleureront des gans d'Eſpagne, des braſſelets de muſc, & des chaiſnes de parfum.

Le gouſt ſera repreſenté par la Deeſſe Pomone, qui dançera accompagnée de fruictieres, & de vendeurs de toute ſorte de confitures.

Argus qui deſignera la veuë, ſe preſentera en ſuitte, enuirôné de pluſieurs lunetiers, qui regarderont auec des lunettes les poſtures des vns & des autres, de quelques Matrones qui danceront en ſe mirant, & de certains Hollandois qui de loin ſe conſidereront en cadance auec des lunettes d'Amſterdam.

Midas auec ſes longues oreilles repreſentera l'ouye. Il ſera ſuiuy de quelques ſourdauts qui tous ſe parleront à l'oreille, le cornet en main. Et en cet endroit on entendra vne Muſique extrauagante, & vn concert de poches, qui feront ſans doubte admirer la grace de leur nouueauté.

Apres cela, l'attouchement viendra dancer ſoubs l'habit & ſoubs la per-

Recit. ſonne d'Alquif fameux Magicien. Les coups & les cernes de ſa verge enchantée, feront naiſtre autour de luy vn grand nombre de grenoüilles croaçantes, que deux Peſcheurs s'efforceront de tirer hors de l'eau, par le moyẽ d'vne paſte qui ſera penduë au bout de leur ligne. Ce qu'ils tenteront vainement, d'autant qu'elles ſuiuront le Magicien dedans ſa cauerne. Il en ſortira bien-toſt pour faire voir la force de ſes charmes. Et apres quelques conjurations & figures Magiques, d'vn coup

de verge il fendra ceste mesme cauerne, d'où toutes ces grenoüilles sortiront incontinent en foule ; mais transformées en autant de braues Caualiers,
qui dançeront le grand BALLET.

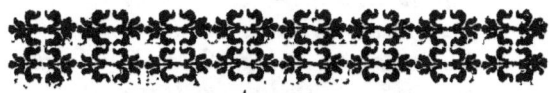

VERS
POVR LE BALLET des cinq Sens de Nature.

Recit de l'Aſtrologue.

Globes roulans qui ne ſçauriez finir,
Sacrez miroirs des choſes aduenir,
Voûtes d'aZur, carriere des Planettes,
Beaux Liures tous brillans de charaƈteres d'or;
Ou ie ne ſçaurois dire au vray ce que vous eſtes,
Ou vous eſtes des Dieux le plus riche threſor.

Vos mouuemens, vos tours, & vos retours
Sont les fuzeaux qui deuident nos iours,
Seuls vous rendeZ leurs courſes terminées;
Et quoy que vos aſpeƈts ſoient cõtraires ou doux,
Comme ie ne peux croire à d'autres Deſtinées,
Ie ne puis conſulter d'autre Oracle que vous.

Si vos degrez, & vos conjonƈtions
Sont les objets de mes affeƈtions,
Si comme vous iamais ie ne repoſe,
Si mon Eſprit vous croit le Paradis des yeux,
Et ſi tous les Mortels m'ont veu la bouche cloſe
Lors que i'ay penetré dans le ſecret des Dieux.

Descouurez moy le fonds de vos replis;
Quand cet Enfant verra-t'il accomplis
Les iours qu'il coule au flanc de cette Belle?
Astres, Cieux, & Destins que ie consulte icy,
Ce iour heureux pour nous, & glorieux pour elle,
Fera naistre la ioye & mourir le soucy.

Pour le mesme Astrologue.

I'Entens les secrets de la Sphere,
Ses tours, ses reuolutions,
Et toutes ces conionctions
Dont l'homme sage n'a que faire,
Mais d'acquerir du bien,
C'est où ie n'entends rien.

La verité qui m'est connuë,
Rend mon nom fameux & connu,
Mais elle me laisse tout nu,
Sous ombre qu'elle est toute nuë;
Et ne me sert de rien
Pour acquerir du bien.

RECIT DE IVPITER.

IE suis le Monarque des Cieux,
Tous les hommes & tous les Dieux
Viennent me rendre obeissance;
Mais ie renoncerois à ma Diuinité,
Si ie faisois icy plus craindre ma puissance,
Que cherir ma bonté.

Par elle i'ay soin des Mortels
Qui nous consacrent des Autels,
Et connoissent ce que nous sommes;
Ils sont toute ma ioye, & moy tout leur appuy;
Vn Dieu ne doit-il pas s'abaisser pour les hommes,
Qui s'esleuent à luy?

Aussi i'exauce tous leurs vœux,
Ce qu'ils ont voulu ie le veux;
O vous fils aisnez de Nature,
Dont les diuers objets ont pour vous tant d'appas,
Donnez du sentiment à cette Creature,
Ou vous n'en auez pas.

Pour Argus. A ſa Maiſtreſſe.

IE ne ſuis pas celuy qui ſur les bords d'Inache
Eut le ſoin d'vne vache ;
Et bien que comme luy ie ſois tout ſemé d'yeux,
Ie ne m'en ſers, PHILIS *, qu'afin de te voir mieux.*

Que n'ay-ie à ma naiſſance apporté plus d'vne Ame,
Pour mieux ſentir ta flâme?
Et pour te rendre auſſi tout ce que ie te dois,
Que n'ay-ie mille cœurs pour mourir mille fois ?

Mais, ô rage d'Amour ! que d'vne eſtrange ſorte
Cette ardeur me tranſporte !
Que me ſeruent mes yeux, s'ils m'ont reduit au poinct
De me laiſſer conduire au Dieu qui n'en a point ?

RECIT D'ALQVIF MAGICIEN.

DEmons, Eſprits de feu, que mon pouuoir gouuerne,
Quittez voſtre cauerne ;
Et ſi iuſqu'à preſent vous m'auez fait la loy,
Venez tous aujourd'huy la receuoir de moy.

Ie n'ay pas fait deſſein de renuerſer les Poles
Du bruit de mes paroles ;

Ie ne veux rien sinon que mon charme trompeur
Au lieu de faire vn mal n'en donne que la peur.

Si iamais cette verge à vos Ombres forcées,
Secondez mes pensées ;
Vous Démons augmentez le nombre des Mortels,
I'augmenteray tousiours celuy de vos Autels.

Pour vne Grenoüille transformée en Cauallier.

AV ROY.

D'Où vient ce changement ?
Quelles douces merueilles ?
Croiray-je asseurément
Mes yeux, & mes oreilles ?
Ie parle, ie raisonne ; hé quelle nouueauté
Me fait estre celuy que ie n'ay pas esté ?

Suis-je de ces Guerriers
Que la Terre fit naistre
Tous couuers de lauriers,
Et soudain disparaistre ?
Ou de ceux dont César forçoit les regions,
Lorsque dessous ses pieds naissoient des legions ?

Enfin qui que ie sois,
Le Ciel veut que ie viue,
O Monarque François,
Afin que ie vous suiue;
Et que vous imitant dans l'effort de vos coups,
Ie surmonte tout autre, & ne cede qu'à vous.

Escoutez mon Vainqueur
Ce que le Ciel m'inspire;
I'adore vostre cœur
Plus grand que vostre Empire;
Puisqu'il est le portraict de la Diuinité,
Seray-je en l'adorant repris d'impieté?

Pour la Sage femme.

CEtte femme s'estime vn miracle parfait,
Elle croit posseder tous les dons de Nature;
Mais elle est folle en effet,
Et n'est sage qu'en peinture.

Pour les deux Enfans Stupides.

A voir ces personnes rétiues
Qui n'ont rien d'homme que le corps;
Ou bien ce sont des souches viues,
Ou bien ce sont des hommes morts.

Pour vne Nourrice.

...oy que mon lait s'eschauffe aux ardeurs de ma flâ-
...ne la puis pourtant iamais abandonner ; (me,
...s'il faut descouurir les secrets de mon Ame,
Ie sçay prendre le bout mieux que de le donner.

Pour la Seruante qui berce l'Enfant.

Voyez l'ennuy qui me trauerse,
O vous dont le cœur est content,
Iour & nuict il faut que ie berce,
Et pas vn ne m'en fait autant.

Pour les Bouquetieres.

Appaisons nos souspirs, & tarissons nos pleurs,
Allons en ces beaux lieux exercer nos rapines ;
Dedans les champs de Flore on trouue autant de fleurs,
Que dans ceux de l'Amour on rencontre d'espines.

Pour les Fruictieres.

Amour n'a point pour nous de delices entieres,
Nous fuyons les plaisirs qui causent des douleurs ;
Et quoy que nous soyons de gentilles Fruictieres,
Nous n'aimons point les fruits qui font cesser les fleurs.

Pour Midas.

Si PHILIS *me depart ses faueurs nompareilles,*
Ie luy prodigue aussi ma richesse, & mon or:
Mais ce qui la rauit, c'est que ie porte encor
Ie ne sçay quoy plus long que mes oreilles.

Pour vn Sourd.

Graces à mon Destin qui fait tout pour le mieux,
Mes oreilles m'ont mis dans vne paix profonde;
Il est vray, ie suis sourd aux sottises du monde,
Mais pour ne les point voir que ne suis-je sans yeux?

COLLETET.

ORDRE DES ENTREES
DE CE TROISIEME BALLET.

Aſtrologue. *Recit.*

La femme groſſe portée par 4. Naines.
Le Mary,& la Mere.
Les deux Seruantes.
La Sage femme,& ſon valet portant vne lanterne.
Deux Medecins.
Vn Apotiquaire.
Lucine.
Deux Iumeaux.
Deux Nourrices.
Deux Seruantes qui portent le berceau de l'Enfant.

Iupiter. *Recit.*

Flore.
Trois Bouquetieres.
Trois Marguilliers.
Quatre Eſpagnols.
Pomone.
Quatre Fruictieres.

Argus.

Deux Lunetiers.
Trois Matrones.
Trois Hollandois.
Midas.
Les Sourds.
Muſique extrauagante.
Concert de poches.

Alquif. *Recit.*

Grenoüilles.
Les Peſcheurs.

Grenoüilles transformées en Cauailliers, pour le grand Ballet.

Cauailliers.
Grand Ballet.

BALLET DES DEMANDEVRS DE VIN DE S. MARTIN.

AVX DAMES.

BIEN que nous ne vous voyons pas,
Belles à vos charmans apas
Nous ne laissons de rendre hommage;
Vous donnans nos soings & nos vœux,
C'est vous seruir comme les Dieux,
Que peut-on faire d'auentage.

Vous estes nos gains, nos desirs,
A vous seruir sont nos plaisirs,
Vous vsez de nos marchandises;
Et puis que nous vous fournissons,
Vous n'oublierez pas les Garçons
Qui cherissent vos chalandises.

PREMIERE ENTREE.

VN COLPORTEVR QVI DISTRIBVE le sujet: Representé par Monsieur de Gory.

I'AY quelque chose de nouueau,
Qu'on ne trouue point au bureau,
Rares beautez ie vous l'adresse;
Venez me trouuer en secret,
Vous n'y aurez point de regret
Asseurez-vous sur ma promesse.

SECONDE ENTREE.

VN BOVRGEOIS ET DEVX VIGNERONS, Representez par Messieurs de la Poustoire, de Tremont, & de Ligaudry.

LE BOVRGEOIS.

IL est tres vray si ie ne mens,
Que pour vos divertissemens,
Ie ferois l'impossible ;
Et que ie souffrirois la mort,
Et quelque chose plus sensible,
Si cela ne me faisoit tort.

LES VIGNERONS.

Perçons si vous voulez bien faire,
Du nouveau pour vostre ordinaire,
Qui resueille vostre vigueur ;
Pour peu que vous luy faciez feste,
Il vous touchera plus le cœur,
Qu'il ne fera mal à la teste.

TROISIESME ENTREE.

VN PATICIER ET VN DEVALEVR de Vin : representez par Messieurs de Iuguenay & de Mandeuille.

LE PATICIER.

I'AY recogneu que pour les filles
L'on ne voit rien de si plaisant,
Que mon pasté de beatilles
Accompagné d'vn bon faisant.

LE DEVALEVR DE VIN.

DANS le mestier que ie professe
Ie ne quitte iamais le haut,
Ie plante l'arbre comme il faut,
Et bande le cable sans cesse.
Ne croyez pas que ie me presse,
Ie cogne à la bonde vn vertaut,
Ie n'apprehende point de saut
Tant ie deuale auec addresse.
Mes Dames voila mes esbas,
Quelqu'autre reçoit tout au bas,
Cette besogne se partage;
Si ie vous deuale aux bas lieux
Vous en aurez de l'auantage,
Puis que le vin s'en porte mieux.

LE MESME.

Tousjours pour vous seruir i'ay fait ce que i'ay peu
Plus qu'aucun autre de la bande,
Donnez moy ce que ie demande,
I'en deuale beaucoup, & i'en demande peu.

QVATRIESME ENTREE.

VN MAISTRE SAVATIER:
représenté par Monsieur de Mirougrain.

CONsiderez ces ornemens,
Et tous ces iolis instrumens,
Dont ie repare ma boutique:
On n'en peut trouuer de meilleurs,
C'est pourquoy sans chercher ailleurs
Accordez moy vostre pratique.

CINQVIESME ENTREE.

DEVX GARCONS SAVATIERS:

Representez par Messieurs de Ligaudry & Girault.

AV iourd'huy que chacun se leue du matin
Pour aller demander le vin de Sainct Martin,
Il est iuste Beautez, qu'estans de nos pratiques
Vous taschiez à nous contenter,
Puis si venez en nos boutiques
Vous y verez des bouts digne de vous tenter.

SIXIESME ENTREE.

DEVX PORTEVRS DEAV:

Representez par Messieurs Piat, & Felibien.

ACheptez de mon eau, Mesdames,
Elle à de rares qualitez,
Si quelques ardeurs vous sentez
Elle peut esteindre vos flames;
Les eaux de Belesme & de Spa
N'ont pas tant de vertu qu'elle à,
Sur toutes les liqeurs elle emporte la gloire;
Vous en pouuez prendre à longs-traits,
Sa source ne tarit iamais,
Et plus on en a beu, plus on en voudroit boire.

AVTRE.

L'eau dont arrose son Iardin
Le Iardinier soir & matin,
Quoy qu'auecque beaucoup de peine,
Ne pouroit produire aucun fruict
Sans l'aide fecond de la graine,
Mais la mienne arrose & produict.

SEPTIESME ENTREE.

DEVX GARCONS MARESCHAVX:
representez par Messieurs Gory, & de la Poustoire.

NOVS sommes de bons Mareschaulx,
Habilles à ferer cheuaux,
Et à guerir toutes blesseures;
Nous trauaillons auecque soing;
Messieurs ceux qui en ont besoing,
Qu'ils nous enuoyent leurs montures.

HVICTIESME ENTREE.

VN CROCHETEVR, VN VALET DE Cabaret, & la Femme du Crocheteur, yures; representez par Messieurs de Mandeuille, de Mirougrain, & de Tremont.

LE CROCHETEVR.

IE fais l'yure & ne le suis pas,
C'est pour tromper la ialousie,
Mes demarches & mes faux pas
N'excitent point de fantaisie;
Ie ne donne point de soupçon
Quand ie tombe sur vne Dame;
Ne suisje pas vn bon garçon
De contenter ainsi ma flame?
Et le plus souuent quand ie chets
Ie fais vn porteur de crochets.

LE VALET DE CABARET.

Ce grand garçon de Cabaret
Beuuant à vos santez, Mesdames,

S'est espris de vin & de flames
Auec ce porteur de crochet.

LA FEMME DV CROCHETEVR.

Ieunes beautez si ie ne moüille
Ie ne puis filer ma quenouille,
Mais aujourd'huy i'ay tant mouillé
Et tant ma quenouille filé,
Qu'à la fin ie m'en suis lassée;
En-da ie croys que c'est le vin,
Et que ie suis enfilacée
D'auoir trop fait la sainct Martin,

NEVFIFSME ENTREE.

TROIS ENFANS CHERCHANT LE Vin de la sainct Martin : Representez par Messieurs Piat, Felibien & Girault.

DORIS faut aduoüer qu'à vous rien n'est pareil,
Que vos yeux sont plus beaux que n'est pas le Soleil,
Et que l'on ne les voit qu'auec beaucoup de peine;
Ne blasmez ce deguisement,
Puisque pour vous, Belle inhumaine,
L'on feroit mille effors, pour vous voir vn moment,

DIXIESME ENTREE.

VN ESPADACIN CHASSANT LES ENFANS. Representé par Monsieur de Iuguenay.

LES Enfans vont à la moutarde
De ce qu'ils peuuent découurir,
Il ne faut pas trop vous ouurir,
Vous y deuez bien prendre garde;

C'est pour cela que ie les hays,
Ils chantent tout ce que ie fays,
I'ayme & i'imite la Iustice;
Sans auoir le cœur inhumain
Pour faire cesser leur malice
I'ay tousiours l'espée à la main.

GRAND BALLET,

HVICT GARCONS DE BOVTIQVE donnans Serenades,

AVX DAMES.

BEAVTEZ dont l'aymable pouuoir
Nous oblige à vous venir veoir,
Ne blasmés pas nôtre Musique;
Rendans hommage à vos apas,
Vous ne vous offencerez pas
Si pour vous diuertir nous quittons la boutique.

De l'Imprimerie de SIMPH. COTTEREAV,
Imprimeur du Roy, & de son Altesse Royalle.
à Chartres. 1646.

ur Mad^lles de

Bourgez

BALET DES DIEVX.

Premiere Entrée.

SATVRNE AVX DAMES.

Monsieur Luquet.

PAR mille changemens ie montre ma puissance
On suit sans resister mes moindres volontez
De ce bas Vniuers ie fais voir l'inconstance
Et ie peux tout changer excepté vos beautez.

Seconde Entrée.

IVPITER ET IVNON.

Monsieur de Montifaud & Mademoiselle Chabre.

IVPITER AVX DAMES.

VOs attraits a Iunon donnent beaucoup d'enuie
Elle sçait que vos yeux peuuent tout enflamer
Et comme elle n'a peu vous voir sans jalousie
De méme ie ne puis vous voir sans vous aymer.

IVNON AVX DAMES.

RIdicule deuoir qui nous rend Idolatres
Des Maris qui pour nous sont sans fidélité
A les suiure par tout soyons moins opiniatres
Faisant pour nous venger seruir nostre beauté.

Troisiéme Entrée.

ÆOLE AVX DAMES.

Monsieur Debrion.

QV'on ne me nomme pas le Dieu de l'inconstance
Pour estre Dieu du vent ; on voit par mes soûpirs
Que ie ne sçaurois plus former d'autres desirs
Apres auoir perdu toute mon esperance.

Quatriéme Entrée.

NEPTVNE ET MOMVS.

Monsieur Labonie & Monsieur Chaduc le jeune.

NEPTVNE AVX DAMES.

BEaux yeux par qui l'amour triomphe de mon ame
Vous me faites souffrir des tourmens bien nouueaux
Dans vn froid Element ie suis reduit en flame
Et ie me sens brûler au milieu de mes eaux.

MOMVS AVX DAMES.

IE sens vn mal secret que ie ne sçaurois dire
Ie suis tout inquiet ie réue incessemment
Et ie crains que l'amour par ce prompt changement
Ne donne à tous les Dieux vn beau sujet de rire.

Cinquiéme Entrée.

VENVS ET CVPIDON.

Mademoiselle de la Pose & le petit Chaluon.

VENVS Avx Dames.

CET aymable Pasteur charmé de mes appas
Sans craindre les effets d'vne hayne mortelle
Qui iugea que i'étois des beautez la plus belle
S'il m'en donna le pris c'est qu'il ne vous vit pas.

CVPIDON Avx Dames.

DV feu de vos beaux yeux ie brûlois vn amant
Et comme il soûpiroit dans sa douleur extreme
I'en eus tant de plaisir qu'à ce méme moment
Me jouant de ce feu ie m'en brûlay moy-méme.

Sixiéme Entrée.

HERCVLE Avx Dames.

Monsieur Chaduc l'ayné.

APres auoir vaincu les monstres & les Roys
Amour dans deux beaux yeux insolemment me braue
D'vn Empire absolu me fait suiure ses lois
Et d'vn fameux vainqueur il en fait vn esclaue.

Septiéme Entrée.

PLVTON ET VVLCAN

Monſieur Luquet & Monſieur Dumas.

PLVTON Avx Dames.

VOS yeux lancent des trais dont les coups incurables
Priuent tant de mortels de l'eſpoir d'en guerir
Et iacrois mes Eſtats par ces coups redoutables
Du nombre des amans que vos yeux font mourir.

VVLCAN Avx Dames.

CET aymable Tyran autheur de tant de peines
Qui ſe ſert de vos yeux pour cauſer ma langueur
Vient de lier mon cœur par de ſi belles chaines
Qu'on ne ſçauroit les rompre & cauſer mon bon heur.

Huictiéme Entrée.

BACCHVS ET ESCVLAPE.

Monſieur Chaduc le jeune & Monſieur Dufloquet.

BACCHVS Avx Dames.

MES plaiſirs innocens n'ont offensé perſonne
A boire de bon vin ie paſſois tout le iour
Mais ce que deſormais mon cœur ambitionne
C'eſt de quitter les pots pour faire bien l'amour.

ESCVLAPE AVX DAMES.

IE conois les ſecrets de toute là nature
Par vn Art tout diuin ie donne la ſanté
Mais ie ne puis guerir la mortelle bleſſure
Que ie reçois des yeux d'vne ingrate beauté.

Neufiéme Entrée.

PALLAS ET FLORE

Madame la Lieutenante & Mademoiſelle Arnoux.

PALLAS AVX DAMES

IE vous donne aujourd'huy deux auis bien fidelles
Pour faire que vos yeux puiſſent tout enflamer
Soyez à vos amans deſormais moins cruelles
Et pour ſe faire aymer ſçachez qu'il faut aymer.

FLORE AVX DAMES

PEndant que ie reçois les baiſers de Zephire
On goûte dans ces lieux mille aymables douceurs
On ne voit point d'obiet parmy ces belles fleurs
Qui ne meure d'amour ou bien qui n'en ſoûpire.

Dixiéme Entrée.

MARS AVX DAMES.

Monſieur de la Bonie.

IE ne reſiſte plus au pouuoir de vos charmes
Vos yeux ſont de mes ſens les aymables vainqueurs
Puiſque pour vous ſeruir i'abandonne les armes
Iugez ſi vous deuez auoir tant de rigueurs.

Vnziéme Entrée

APOLLON ET DIANE.

Monſieur Debrion & Mademoiſelle Montanier.

APOLLON A DAPHNE'

CHer objet de mes vœux adorable Daphné
Helas en me fuyant ſera-il bien poſſible
Que vous preniez l'habit d'vn obiet inſenſible
Pour me rendre des Dieux le plus infortuné.

DIANE AVX DAMES.

SI vous voulez aymer ſoyez des plus diſcretes
Faites comme ie fis dedans ma paſſion
Ne voyant que la nuit mon cher Endymion
I'eus beaucoup de plaiſir de mes flames ſecretes.

Douziéme Entrée.

MERCVRE AVX DAMES.

Monſieur de Montifaud.

IE fais mille larcins d'vne façon nouuelle
Ie ſçay tout le ſecret d'vn excelent pipeur
Et ie me vante auſſi de ne voir point de belle
De qui dans vn moment ie ne vole le cœur.

TREZIEME ENTREE.

GRAND BALET

AVX DAMES.

Messieurs CHADVC ayné. DVFLOQVET.
DVMAS ET LVQVET.

VErrez-vous sans regret la douleur qui nous presse
Lors qu'on goûte par tout de solides plaisirs
ermetez d'esperer à de si beaux desirs
 quittant vos rigueurs chassez nôtre tristesse.

LE BALLET
DES DIEUX ET DESDEESSES

Qui par un nouveau témoignage du zele de

SON EXCELLENCE

MADAME LA MARQUISE

DE CARACENE,

Sera dansé au Salon du Palais de Brusselles

PAR

MADEMOISELLE DE CARACENE,

Sa Fille aisnée, & d'autres personnes de l'un & l'autre sexe des plus considerables de cette Cour,

Par une suitte de la réjoüissance du Mariage du tres-Auguste Empereur

LEOPOLD,

ET

DE LA SERENISSIME INFANTE D'ESPAGNE

MARGVERITE

D'AUSTRICHE.

Les 24. & 25. Fevrier 1664.

PREFACE.

LE Mariage de ſa Majeſté Imperiale, avec la Sereniſsime Infante d'Eſpagne, ayant eſté conclû & declaré dans les Cours de ces deux Auguſtes Monarques, la nouvelle en ayant eſté portée par toute la terre, n'a pas moins cauſé de joye dans les cœurs des Princes, & des Peuples amis, & alliez de ces deux Coronnes, que de confuſion dans les Eſprits de leurs Emulateurs, & de leurs Ennemis : mais ſi par le principe de l'amitié, & de l'alliance, ces Princes, & ces Peuples eſtrangers, ont donné leurs applaudiſſements à cette heureuſe nouvelle; par celuy du zele, du devoir, & de l'intereſt; elle a porté le comble de la joye, & une plenitude de ſatisfactions & de contentements à tous les fidels Sujets de ces deux puiſſantes Monarchies, qui dans ce nouveau Nœud d'afinité, prevoient une heureuſe continuation de cette tres-Auguſte Maiſon, qui eſt le but de leurs vœux & de leurs plus ardentes affections; & ſentent comme renaiſtre, & rendre de nouvelles forces, à la douceur, à la tranquillité, & au repos qu'ils ont accouſtumé de reſſentir ſous le gouvernement équitable & moderé, de ces deux juſtes Dominations; & cette joye qui remplit les cœurs de leurs Amis & Alliés, & de tous leurs fidels Sujets, ſe manifeſtant de toute part, par des demonſtrations publiques,

ques, & en particulier tous les Eſtats des Pays-bas, & de la Comté de Bourgongne, en ayants rendu les témoignages que l'on avoit lieu de ſe promettre de Sujets ſi zelez, ſi fidels & ſi obeïſſants : Son Excellence Madame la Marquiſe de Caracene, deſirant de donner au Publique des demõſtrations de celle qu'en particulier Elle, & ſon Illuſtre Eſpoux, ont receu de cette nouvelle ſi favorable à toute l'Europe, & des applaudiſſements qu'ils en ont receu de ces Peuples; a jugé bien ſeant à l'eſclat de cét Auguſte Hymenée, de les manifeſter par une Comedie tres-magnifique, qui ſera repreſentée en langue Eſpagnole, au Salon du Palais de Bruxelles; remplie de quantité de Machines ſomptueuſes, & d'un Artifice tout extraordinaire, accompagnées de divers Chœurs de Musique tres harmonieuſe, de voix, & de grand nombre des plus agreables Inſtruments. Et comme il ne ſe peut rien adjouſter à la joye, & au contentement qui ont donné matiere à cette Feſte, Elle a voulu que par une juſte proportion, cette demonſtration en fut accomplie de tout point ; & pour cét effet a concerté que cette Comedie ſeroit ſuivie d'un Ballet, qui en relevera la magnificence, puis qu'apres pluſieurs belles entrées, devancées de Machines ſomptueuſes, le grand Ballet ſera danſé par Mademoiſelle de Caracene ſa Fille aiſnée, autant brillante par ſes vertus, par ſa jeune beauté, ſa majeſté, & ſa belle taille, que par le luſtre de ſa haute naiſſance, accompagnée de huit Dames des plus illuſtres,

lustres, & des plus accomplies de cette Cour, & de neuf Gavalliers des plus considerables, tant par leur naissance, que par leur addresse, leurs merites, & toutes les belles qualitez dont la nature, & l'education les ont ornez : ce qui toutesfois se fera en jours separez, & se repetera ainsi successivement, pour ne pas attiedir l'attention des Spectateurs par trop de longueur, & l'une & l'autre de ces actions separées, pouvant fournir amplement de quoy satisfaire en un jour au divertissement de la bonne Compagnie. Et d'autant que ces Actions muettes des Ballets sont ordinairement accompagnées de quelque explication, Elle a desiré que pour la satisfaction publique, l'on donnast au jour par cét imprimé, l'explication de ce Ballet, afin que les Spectateurs en

ayans

ayans une parfaite intelligence, en peuſſent gouſter le divertiſſement avec plus de plaiſir, & ceux qui n'auront pas la ſatisfaction de le voir, connoiſtre par cét eſchantillon, la joye, & le contentement, avec leſquels, ces Peuples ſi fidels & ſi zelez, des Pays-bas & de Bourgongne, reſſentent les évenements advantageux, qui regardent la Majeſté de leur Auguſte Monarque.

ARGUMENT.

PREMIERE ENTREE.

L'Ouverture du Theatre se fera par une Mer, & dans le fond la Montagne de Strongoli. La Renommée paroissant en mesme temps en l'air, dans un Char tres-somptueux, tiré d'un Aigle & d'un Lion: Laquelle expliquera en Musique le sujet de cette Feste, & comme l'ayant publiée en l'Univers sublunaire, & par tout cette heureuse nouvelle s'estant celebrée des mortels, avec des demonstrations extraordinaires de joye & de contentement. Il luy a semblé de la convenance & de l'esclat de ces Augustes Nopces que les resjoüissances en fussent aussi celebrées par les Divinités; auquel effect elle vient implorer l'authorité de Jupiter, & convoquera ce Dieu par une Chanson Espagnole chantée tres-melodieusement.

LA RENOMMÉ'E.

D'Vn Auguste Empereur, sur la terre & sur l'onde,
I'ay respandu la gloire avecque taut d'esclat ;
Qu'enfin le cœur touché, du plus grand Roy du monde,
Accorde une Princesse en merveilles feconde,
Aux flames de ce Potentat.

L'on entend retentir tous les coings de la Terre,
Des Chants harmonieux qu'en lancent les mortels.
L'Empire en tressaillit, l'Estat hereditaire,
Et dans tout l'Vnivers, les Royaumes d'Ibere,
En font fumer tous les Autels.

Tous les peuples amis, relevent l'Esperance,
Qui sembloit assoupie en leurs cœurs abbatus,
Tandis que ce saint Nœud de nouvelle alliance,
Porte à leurs Ennemys, la crainte par advance,
D'estre humiliês, ou vaincus.

O vous grand Jupiter, qui de la Cour Celeste,
D'un pouvoir absolut regnez en ce sejour,
Achevez le bon-heur que l'Hymen nous apreste,
Et faites honorer cette superbe Feste
De tous les Dieux de vostre Cour.

Vous

Vous mesme à ce bon-heur donnez vostre presence,
Vn Ministre parfait, vous appelle en ces lieux,
Pour voir comme il soustient la Royale puissance,
Et vous faire advoüer que son intelligence,
Merite un rang parmy vos Dieux.

Venez tous admirer une moitié fidelle,
Dont la vertu par tout establit le renom;
Venez voir un crayon d'un si parfaict Modelle,
Qui dispute le prix & de Sage & de Belle
A Venus, Pallas, & Iunon.

Venez considerer les Beautez de ces Dames,
Dont le rare merite esclaire dans ces lieux;
Et vous confesserez pour embraser nos ames,
Que l'Amour n'a besoing d'emprunter d'autres flames,
Que celles qu'on voit dans leurs yeux.

En suitte Jupiter paroistra en l'air sur une Aigle artistement representée, tenant en sa main la foudre de ce Dieu. Lequel respondra aussi par une Chanson Espagnole, à la proposition de la Renommée, luy disant que sa demande est trop juste pour en estre refusée, qu'il donnera aussitot les ordres qu'el-

 le

le ſoit executée, & que luy-meſme veut honnorer la Feſte de ſa preſence.

JVPITER.

CE n'eſt pas ſans raiſon que de la Cour Celeſte,
On me voit aujourd'huy deſcendre à cette Feſte ;
Qu'un glorieux Hymen fait chomer aux mortels ;
C'eſt que par un retour, neceſſaire & tout juſte,
Je ſuis le Protecteur de cette ſouche Auguſte,
Comme ſes rejettons le ſont de mes Autels.

C'eſt par eux qu'en tous lieux de la terre habitable,
On ſouſtient de la Foy le myſtere adorable,
Et que l'on voit fleurir le vray culte des Cieux ;
Jamais l'impieté, la fourbe, ny les crimes.
N'ont rencontré d'acces dans leurs juſtes maximes,
Qui font leurs intereſts, de l'intereſt des Dieux.

Qu'un Rebelle aujourd'huy dans la Lithuanie,
S'efforce d'eſlever deſſus la Tiranie,
Vn Troſne inébranlable à ſon Ambition,
Que le Turc du Croiſſant taſche à pouſſer les Cornes,
A leurs vaſtes deſſeins je ſçay donner des Bornes,
Et maintenir les droicts de ma protection.

Ce

Ce n'est pas, dis-je donc, une chose estonnante,
Que l'on voye en ces lieux, mon Aigle triomphante,
Rabattre de son vol, l'effort audacieux,
En faveur d'un Hymen si plausible à ma gloire!
Puis que de son succés, j'attends plus de Victoire,
Que je n'en eux jamais de mon foudre odieux.

Mais moy qui n'eus dessein de descendre sur terre,
Que pour de cet Hymen voir le Sacré Mystere,
Quels objects surprennants paroissent à mes yeux,
A voir le doux esclat de Dames de Bruxelles,
L'amour dedans leurs yeux, les graces avec elles,
Je doute si je suis en terre, ou dans les Cieux.

Apres cela Jupiter appellera Eole, lequel en suite de ce paroistra subitement sur cette Montagne de Strongoli, d'où par une autre Chanson Espagnole, il témoignera par sa responce, la satisfaction avec laquelle il veut obeïr à ce que Jupiter desire de luy.

EOLE.

Moy qui dans la Philosophie,
N'eus point de difinition:
Qui courant l'Vnivers, trouve en chasque partie,
Le point de mon extraction,
Moy qui soufle dedans ses plaines,
Par l'organe secrete de trente deux halaines,
Qui fais seicher la Vigne, avecque l'arbrisseau,
Et qui sur l'Element humide,
Force le Matelot timide,
A m'abandonner son vaisseau.

Si je parois à cette feste,
Que solemnisent les mortels;
Ce n'est pas pour verser l'horreur, & la tempeste,
Dessus les feux de leurs Autels:
Si je conduise à cette entrée,
La Peliot, le Lybs, & le neigeux Borrée
C'est sans frimats, & sans ardeurs;
Et veut que par tout cet Empire,
l'Haleine seule du Zephire,
Embaume les fruits, & les fleurs.

Prin-

Princes dont l'Vnivers revere
Et la puissance, & la splendeur,
Et qui par cét Hymen, promettez à la Terre,
Vn nouveau siecle de bon-heur,
Commettez moy sans espouvante,
Le sort tout glorieux, de cette Illustre Infante,
Qui doit finir tous vos travaux:
Certains que sur l'humide plaine,
Mes vents n'enfleront leur halaine,
Que pour avancer ses vaisseaux.

Je veux partager avec l'Onde,
Ce glorieux Titre d'honneur,
De servir aujourh'huy le plus grand Roy du monde,
Et le plus Auguste Empereur:
Et ne pretend pour ce service,
Que de faire regner en ce lieu de delice,
Vn vent propice aux amoureux,
Et qui soulage un peu les flames,
Qu'allument au fond de leurs ames,
Les beautés qu'on voit en ces lieux.

En suitte de quoy les quatre Vents sortiront du sein de la Montagne, & feront la premiere Entrée de ce Ballet.

LES QVATRE VENTS ENSEMBLE.

EMissaires du grand Eole,
Et subjects à ses brusques Loix,
Souvent de l'un à l'autre Pole.
Nous avons parcourus & les Champs & les Bois,
Et toutefois Princesse aujourn'huy sans seconde,
Nous advoüons que dans le monde
Nous n'avons sceu rien voir d'égal à vos beautés;
Mais que si vous pouviez entrer en paralelles,
Les Dames seules de Brussellès
Pourroient nous contester ces hautes verités.

SECONDE ENTREE.

APres cette Entrée, Jupiter par un autre Air Eſpagnol convoquera Neptune, pour avec ſes Dieux Marins venir concourir à la rejouyſſance de cette illuſtre Feſte, & ayant achevé cet Air, Eole reprendra la partie, & par un autre Air en meſme langue, non moins agreable & harmonieux, dira à Neptune, que puiſque ſes Enfans, qui ſont les Vents, ont ſi agreablement concouru à cette rejouyſſance; Il eſt juſte que les Dieux Marins qui ſont ſes ſujets, n'uſent pas d'une moindre complaiſance. Alors Neptune paroiſtra ſur la Mer en une Coquille, tirée de quatre Chevaux Marins, accompagné de Tritons & de Sirenes, & lequel par une Chanſon tres-harmonieuſe en langue Eſpagnole reſpondra, que non moins par inclination que par devoir, il eſt preſt d'obeïr à ce que l'on ſouhaitte de luy dans cet illuſtre rencontre; & finira ſa reſponſe par un Chœur de muſique, chanté par les Sirenes en la meſme langue Eſpagnole.

NEPTUNE.

DV fond de l'humide Element,
Sur les flots eſcumants de l'Onde,
Ie viens faire mon compliment
Aux deux plus grands Princes du monde:
Il eſt bien juſte qu'à mon tour,
Ie leur vienne faire la Cour,
Puis que ſous la voûte Eterée,
Celuy qui marque l'Horizon,
Ne viſite point de Contrée,
Qui ne reſpecte leur Maiſon.

Ie ſuis bien le Dieu de la Mer,
Mais c'eſt en vain que ma puiſſance,
De ceux qui viennent l'Eſcumer,
Pretend reprimer l'inſolence:
Leur courage trop impudent,
Conſidere peu mon Trident,
Et ſi ſur mon Onde agitée,
On jouyt de quelque repos,
La gloire n'en eſt meritée
Que des Armes de ſes Heros.

Accourez toutes en ces lieux,
Divinités de mon Empire ;
Venez voir en ces demy Dieux
Des traits que l'Univers admire ;
Mais sur toute chose arrestés
Vos yeux, sur les rares beautés
D'une Princesse sans seconde,
De qui pour le bien des Humains,
Naistra un Prince dans le Monde
Qui reiglera tous leurs destins.

Des-jà l'on commence de voir,
Au seul bruit de cette Alliance,
Toute la terre s'esmouvoir,
De crainte & de resjouyssance :
Les uns craignent avec sujets,
De voir renverser leurs projets,
Les autres par un sort contraire,
Attendent selon leurs souhaits,
D'en voir naistre dessus la terre
L'Amour, l'Abondance & la Paix.

 Mais

Mais si dans ces Augustes Cours,
Et sur cette Illustre Princesse,
Les puissances, & les Amours,
Ont fait prodige de largesse;
Les Celestes Divinités,
Dispensatrices des beautés,
En ont aux Dames de Bruxelles,
Fait de telles profusions,
Qu'on ne peut sans brusler pour elles,
Voir briller leurs perfections.

Cette Musique des Sirenes achevée, sortiront aussi-tost de la Mer, sept Dieux Marins, qui feront la deuxiesme Entrée du Ballet; à la fin duquel Neptune, Eole & la Renommée chanteront un Air Espagnol tres-harmonieux, qui se terminera par le mesme Chœur des Sirenes; & aux derniers Accens duquel, la Prospective se serrera, & la Scene se changera en un Bois.

LES

LES DIEUX MARINS.

Nous sommes accourus du profond de l'abysme,
Au bruit d'un hymen glorieux,
Ou par la presence des Dieux,
On peut juger de leur estime.
Mais aprés le respect de ces feux souverains,
Voicy quels furent nos desseins :
C'est pour vous apprendre mes Dames,
Que par un principe nouveau,
Nous sentons embrazer nos ames
Des feux de vos beaux yeux jusques au fond de l'eau.

TROISIESME ENTREE.

CEla fait, Iupiter dira par un autre Air Espagnol, que les Vents, & les Dieux Marins, ayant illustrement celebré cette glorieuse Feste. Il veut aussi que Pan, qui est le Dieu des Bois & des Campagnes y vienne donner des tesmoignages de ses rejouyssances, & lors par un prompt effet de soubmission & de respect ce Dieu ſortira du creux d'un Arbre, accompagnant de ſon Cornet une muſique tres-agreable de Flûtes, de Tambours, & de quelques autres Inſtruments, qui ſe fera en meſme temps.

PAN.

Dans le doute où je ſuis d'où je tiens la naiſſance,
Ie ceſſe d'en chercher l'Auteur.
Que ce ſoit de Mercure, ou de quelqu'autre engeance,
Ie ſuis content de mon bon-heur,
Et vis plus ſatisfait, quoy qu'on en puiſſe dire,
Dedans cét eſtat de Satyre,
Que ne fait Iupiter en ſon rang de grandeur.

I'adorays autre-fois deux Nymphes inhumaines,
Qui me firent beaucoup de maux,
L'une n'eut que la voix pour ſoulager mes peines,
Et l'autre que des Chalumeaux,
Mais à preſent gairy de cette fantaiſie,
Dans l'Innocence de ma vie,
Ie goute chaſque jour quelques plaiſirs nouveaux.

Les

Les Dieux sentent au Ciel, en despit du Tonnerre,
Par fois chanceler leur grandeur,
Et l'on vit autre-fois les enfans de la Terre,
Jetter l'espouvante en leur cœur;
Mais moy dans les Guerets, les Mons & le Boccage,
Qui me demeurent en partage,
I'exerce mon pouvoir sans Panique terreur.

Ie jouys en repos d'un estat si paisible
Sous l'Auguste protection,
De deux Princes amys, dont le bras invincible,
Soustient ma domination,
C'est par eux que la Paix regne dessus la Terre,
Et si par fois ils font la guerre,
Cette Paix est le but de leur Ambition.

Un point tant seulement, trouble ma quietude,
Ie vois que mon cœur amoureux,
Au milieu de la Cour, malgré ma solitude,
Sent un vaincqueur imperieux,
Ce sont les yeux brillans d'une divine INFANTE,
Qui d'une flame Triomphante,
Portent l'embrazement jusques au sein des Dieux.

Mais

Mais Amant insensé, arreste & considere
Où tu pense porter tes veux,
Les destins ont choisy par un secret mystere
Cette Princesse pour les Cieux.
Et pour dés icy bas par un sort ineffable
La rendre aux hommes adorable,
Luy donnent un Espoux digne du rang des Dieux.

Dans la nouvelle ardeur qui contre moy conspire,
Mesdames mes sens tout confus,
N'osent porter mon cœur sous vostre doux Empire
Tant j'apprehende vos rebuts.
Mais si vous vouliez bien recevoir mes hommages,
Les doux Charmes de vos visages
Me mettroient plus en feu que jamais je ne fus.

En suitte de ce Jupiter luy commandera de faire venir ses Bergers, pour solemniser cette Feste par quelque demonstration de leur zele & de leur resjoyssance, à quoy obeyssant, il fera sortir du Bois six Bergers, tous la Houlette à la main, & fort galamment ajustés, qui feront la troisiesme Entrée de ce Ballet.

LES

LES BERGERS.

SONNET.

SOus l'habit de Berger, où l'on nous voit pareſtre,
Nous jugeons ayſement ce qu'on dira de nous,
Mes Dames vous croyrez que noſtre humeur champeſtre,
Ne ſçauroit concevoir des vœux dignes de vous.

Mais pour en bien juger, il faut nous mieux conneſtre,
Et de nos veſtements penetrer le deſſous,
Dans ce chetif habit nos cœurs ne laiſſent d'eſtre,
Auſſi pleins de reſpect, comme vos yeux ſont doux.

Si nous ſommes venus, ſuivant une Deeſſe,
Solemnizer l'Hymen d'une Auguſte Princeſſe,
Duquel le fruit ſera le bon-heur des mortels.

Vous approuverez bien, qu'en ſecond lieu mes Dames,
Dedans nos cœurs brulans de vos divines flames,
A l'eſclat de vos yeux nous dreſſions des Autels.

QVATRIESME ENTREE.

CEtte Entrée achevée & les Bergers retirés, Pan entonnera de nouveau, une Chanson Espagnole, par laquelle il convoquera ses Satyres, pour venir à leur tour, contribuer les tesmoignages de leur réjouïssance, à cette feste si solemnelle & si heureuse, en conformité de quoy, cinq Satyres sortiront aussi du Bois, & feront la quatriesme Entrée de cét Illustre Ballet.

LES SATYRES.

MAlgré ce que l'on dit de nous,
Dans cette forme de Satyre,
Nos cœurs assujettis sous l'amoureux Empire,
N'ont rien que d'humain & de doux:
Nostre sauvage humeur n'est pas si condemnable,
Que la represente la fable,
Et si le mouvement d'un respect glorieux,
Nous appelle à l'Hymen d'une Auguste Princesse,
Un autre sentiment tout remply de tendresse,
A voir tant de beautés qui brillent en ces lieux,
Nous apprend que nos cœurs malgré nostre rudesse,
Sont sensibles aux traits qui partent de leurs yeux.

CIN-

CINQVIESME ENTREE.

EN ſuitte la Scene ſe changera, & ſera convertie en un Jardinage tres-delicieux & artiſtement repreſenté : Lors Jupiter par une autre Chanſon Eſpagnole, appellera Flore Deeſſe des Jardins, laquelle aux derniers accents de cette Chanſon, apparoiſtra en l'Air aſſiſe en une Troſne de Fleurs ; d'où par une autre Chanſon Eſpagnole, entonnée d'une voix des plus agreables & harmonieuſe, elle teſmoignera la ſatisfaction avec laquelle elle eſt preſte d'obeyr aux ordres de Jupiter.

FLORE.

IE ſuis la Deeſſe des Fleurs,
C'eſt moy qui reſpands ſur la Terre,
La varieté des Couleurs,
Dont l'aggreable eſmail embellit ſon parterre,
Et qui par un ſecret auſſi beau que commun,
En fais dedans les airs exhaler le parfun.

C'est moy qui pare les Jardins
D'Oeillets, d'Animoine, de Roses,
Du Hyacinte & des Jasmins.
Et d'une infinité de belles fleurs escloses,
Dont l'agreable aspect enchante les douleurs,
De ceux de qui l'amour tyrannise les cœurs.

J'ay creu long-temps que dans ces lieux,
Je devois avoir l'avantage,
Des dons les plus delicieux,
Qu'on voye de la Terre orner le paysage,
Mais la Divine INFANTE *à qui je fais la Cour,*
Fait voir qu'à ces beaux yeux, je dois bien du retour.

C'est de leurs regards tout divins,
Que l'on attend dedans le monde,
Plus que la Rose & les Iasmins,
C'est à dire une Paix en delices feconde,
Et qui dans l'Univers fera que les mortels,
A son Royal Hymen dresseront des Autels.

O vous belles qui pretendez,
A la pomme ſeditieuſe,
Qui fiſt de trois Divinités,
Trois illuſtres objects d'une rage envieuſe,
Quelqu'une d'entre vous pourroit la meriter,
*Mais l'*INFANTE *la tient, ceſſés d'en diſputer.*

En ſuitte de ce cette Deeſſe, avec Jupiter & la Renommée, par un autre Air Eſpagnol d'une harmonie reſſentant la douceur du ſujet, appelleront d'une commune voix les Nymphes qui preſident aux Jardins & aux delices de la Campagne, leſquelles à meſme temps ſortiront de ces agreables jardinages en nombre de dix, & feront la ſixiéme Entrée du Ballet, aprés laquelle les Nymphes s'eſtant retirées, ces trois meſmes Divinités chanteront de nouveau quelques Stances Eſpagnoles ſur le meſme Air que devant.

LES NYMPHES.

Par le commandement de la Deesse Flore,
Nous paroissons dedans ces lieux,
Mais un autre motif encore,
Attire en cette Cour nos esprits & nos yeux:
C'est dans le zele qui nous presse,
Pour prosterner nos cœurs aux pieds d'une Princesse,
De qui le charme ravissant,
Par un presage plein de gloire,
Dans l'Esclat de ses yeux fait lire la Victoire,
Que son Auguste Espoux va avoir du croissant.

SIXIESME ENTREE.

ICy Mome se presentera de soy-mesme, & par un air tres-galant pareillement Espagnol, se plaindra à Jupiter, de ce qu'ayant appellé tant d'autres Dieux, il n'a pas daigné porter son souvenir jusques à luy; adjoûtant qu'il presume bien que sa Critique luy a rendu ce mauvais office; mais qu'il luy veut faire voir qu'il ne l'exerce point en des rencon-

tres

tres de cette nature, qui loing d'estre sujets à la Censure, ne doivent pas recevoir moins de benedictions du Ciel, que d'applaudissemens parmy les hommes, & de suitte dansera seul une Entrée, qui sera des plus fortes de ce superbe Ballet.

MOME.

HA tè voyla maistre Iupin,
Tu fais par ma foy bien le fin,
Quand avec ta mine hautaine,
Tu es sur ton Aigle Romaine;
Ie voudrois bien sçavoir pourquoy
Tu fais si peu de cas de moy,
Quoy tous les autres on appelle,
Et moy comme un Iean de Nivelle,
Dont on se soucie fort peu,
On me laisse au coin de mon feu!
Ha! je cognois ta Politique,
C'est la crainte de ma Critique,
Qui de me convoquer icy,
T'a fait negliger le soucy;
Ie sçay qu'on me traite en Burlesque,
Parmy ta brigade Celeste;

Qu'on

Qu'on me fait passer pour plaisant,
Conteroleur & mesdisant,
Et qu'encor, si je ne m'abuse,
De vie oysive on m'y accuse:
Mais je ne suis pas sur ma foy,
Si Badaut comme on croit de moy,
Si par fois je me plais à rire,
A conteroler, à mesdire,
Foy d'homme de bonne maison,
Ce n'est pas tousjours sans raison;
Mais pour ne point en cette Feste,
Critiquer la troupe Celeste,
Acheminons nous doucement,
A faire icy mon compliment
A cette souche Tres-Auguste,
Qui par un mouvement si juste,
Dans le degré des Potentats,
Conduit & regit ses Estats,
Voyons cette Divine INFANTE,
Dont la Naissance Triomphante,
Fait la moindre des qualitez,
Qu'on voit en ses jeunes beautés;
Et par un esprit Prophetique,
Disons que le bon-heur publique,

De ſon tres-glorieux Hymen,
Proviendra quelque jour Amen.
Voyons les beaux yeux de ſes Dames,
Tout remplis de feux & de flames;
Et cependant dedans le cœur,
On n'y voit que glace & froideur,
Voyons les graces en Triomphes,
Ainſi qu'un Hombre à neuf triomfes,
Se promener deſſus leur front,
Que diriez-vous qu'elles y font?
Tantoſt on les voit au viſage,
Tout maintenant ſur le corſage,
De là ſauter dedans les yeux,
Puis auſſi-toſt dans les cheveux,
Et font, avecque ſes gambades,
De pauvres Amans bien malades:
C'eſt, mes-Dames, en peu de mots,
Comme vous troublez le repos,
De ceux qui touchés de vos charmes,
Leur rendent le cœur & les armes,
Ne les laiſſez pas tous mourir,
Daignez pluſtoſt les ſecourir:
Pour moy, il faut que je m'appreſte,
A donner mon plat à la Feſte,

Et ne croyrez pas faire peu,
De preserver mon cœur du feu.

SEPTIESME ENTREE.

A Cette Entrée la Scene se changeant se convertira en une prospective Militaire, & lors Jupiter appellera Mars, qui paroistra en l'Air, armé, sur un Canon entouré de trophées & qui luy servira de Throsne, tiré de quatre coursiers, lequel par une Chanson Espagnole offrira de faire venir ses Heros des Champs Elizées, pour solemnizer ceste feste si favorable & avantageuse à toute l'Europe, par des marques d'applaudissements & de réjouyssance, proportionnées à la grandeur de cette auguste matiere.

MARS.

Moy qui preside à la Victoire,
Qui suis le Dieu des Conquerans,
Qui porte au Temple de Memoire
Les noms victorieux de tous mes adherans:
Moy qui de mon esprit comme de mon courage,
Fonday jadis l'Areopage,

Et qui sçais accorder la Guerre avec les Loix,
Par une bravade celeste,
Je viens produire à cette Feste,
La crainte, la terreur & l'amour à la fois.

Vous dont la detestable envie,
Ne peut souffrir qu'à contre-cœur,
La delicieuse harmonie,
Qui conjoint à l'Espagne un Auguste Empereur;
Tremblez au seul aspect de la fiere Bellone,
Qui sert de guide à ma personne,
Et tenez pour facile à mon bras tout-puissant,
Malgré vostre injuste pratique,
Dans la noble ardeur qui me pique,
De punir le rebelle, & chasser le Croissant.

Et vous qu'une fortune heureuse,
A mis sous la protection,
De cette souche glorieuse,
Qui fait de vos bon-heurs toute sa passion,
Attendez de l'Hymen de nostre Auguste INFANTE,
Par une suite triomphante,
Une tranquillité perdurable à jamais,
Et remarquez sur son visage,

Le ravissant & doux presage,
D'un siecle fortuné de repos & de Paix.

Mais quelque grandeur de courage,
Que vous voyiez parestre en moy,
Parmy le sang & le carnage,
Je n'ay peu me garder de l'amoureuse Loy:
Amour cét insensé jadis avec sa Mere,
Me fist surprendre par son Pere;
Mais sans plus m'arrester à cét esprit follet,
Je viens, mes Dames, à vos charmes,
Sousmettre mon cœur & mes armes,
M'en deus-je encor un coup voir dedans le filet.

Aprés, ces quatre Divinités ensemble, à sçavoir Jupiter, Flore, la Renommée & Mars, chanteront un Air Espagnol, tandis que du fond du Theatre sortiront, comme de la terre, neuf Heros, qui à la fin de cet Air commenceront la septiesme Entrée du Ballet.

LES HEROS

A LEURS MAJESTEZ IMPERIALE ET CATHOLIQUE.

SONNET.

Jadis dans l'Univers les efforts de nos armes,
Espandirent par tout la gloire de nos noms,
Et nos bras indomtés porterent les alarmes,
Dans les cœurs estonnés de mille nations.

Nos victoires pourtant ne versoient point de larmes,
Le repos des humains faisoit nos passions,
Et dans ce sentiment si juste & plein des charmes,
Nous formions un modelle à vos ambitions.

Aussi ne pouviez vous mieux remplir nostre attente;
L'Hymen tout glorieux d'une Divine INFANTE,
Va rendre à l'Univers la Paix & le repos:

Tandis que les beautés, les graces & les flames,
Qui brillent à l'envy dans les yeux de ces Dames,
Nous font voir, qu'en amour il n'est point de Heros.

A la fin de cette Entrée, Jupiter par un autre Air Eſpagnol leur donnera des remerciments & des loüanges d'avoir ſi bien & ſi agreablement contribué au divertiſſement de cette belle Feſte, & leur annoncera que pour les en recompenſer il leur veut donner la ſatisfaction de voir les neuf Muſes faire leur entrée particuliere, & de danſer de ſuitte avec elles.

HVICTIESME

ENTREE.

EN cet endroit la Scene ſe changera de nouveau, & ſera convertie en un Ciel remply d'agreables nuages, & lors Jupiter appellera Apollon, qui ſe decouvrira ſeul ſur une grande Nuëe, en forme triangulaire, & reſpondra à Jupiter qu'il eſt preſt de concourir de tout ſon pouvoir à cette Feſte ſi ſublime & ſi heureuſe.

APOL-

APOLLON.

AV milieu du nuage espais,
Qui couvre de mon Char la celeste matiere,
Je suis ce Dieu brillant dont la vaste carriere,
N'y ne commence point, ny ne finis jamais.
C'est moy dont le grand œil esclaire,
Dedans l'une & l'autre Hemisphere,
Qui disperse le jours & reigle les saisons,
Et qui dans la voute Æterée,
D'une distance mesurée,
Marque distinctement le point des Horizons.

Dedans ce Char tout lumineux,
Dont l'attelage expert, court bien moins qu'il ne vole,
Il n'y a point de lieux de l'un à l'autre pole,
Que je n'aille esclairer de mon œil radieux,
Et dedans cette vaste espace,
Point de Region je ne passe,
Qui par un juste sort ne fasse son bon-heur,
D'avoir en son sein quelques Terres,
Ou sujettes, ou tributaires,
Du Sceptre Catholique, ou bien de l'Empereur.

Aussi

Aussi ne vois-je en l'Univers,
Aucune Nation qui dans cette occurrence,
Ne vueille prendre part à la resjouyssance,
Qui retentit icy par mille accens divers,
Qui ne soit dedans cette attente,
Que l'Hymen d'une Auguste INFANTE
Fera de leurs bon-heurs le lien précieux,
Et que LEOPOLDE *en son Ame,*
Portant une si noble flame,
Du Scythe & du Croissant sera victorieux.

Mais bien qu'en tout ce vaste tour,
De ces deux Potentats esclatte la puissance,
A ce lieu plein d'Amour & de resjouyssance,
Peuples de l'Vnivers vous devez du retour.
I'admire l'effect magnifique,
De cette joye si publique,
Et les Dames encor y font voir des appas,
De qui les adorables charmes,
Me forcent de rendre les armes,
Et qu'en aymant Daphné, je ne cognoissois pas.

Aussi pour parestre en ces lieux,
En estat plus brillant, & de pompe & de gloire,
Laissant

Laiſſant dedans le Ciel les Filles de Memoire,
Par l'effect ſurprenant d'un choix judicieux,
I'ay dedans la Cour de Bruxelles,
Choiſy neuf Dames des plus belles,
Pour en remplir la place en ce jour glorieux,
Voyant dans ces objets aymables,
Des qualitez trop adorables,
Pour ne meriter pas un rang parmy nos Dieux.

Cependant les Muſes deſcendront doucement du Ciel, couvertes d'une grande Nuée qui les deſrobera à la veuë des ſpectateurs. Mais ce Dieu qui leur preſide, par un Air Eſpagnol tres-agreable, dont le refrain ſera touſiours chanté des cinq Divinités enſemble, c'eſt à dire de Jupiter, Apollon, Flore, la Renommée, & Mars, ſe deſcouvrira un Troſne en figure de triangle, où les neuf Muſes ſeront aſſiſes. Cependant pour donner temps aux ſpectateurs, de conſiderer plus à loiſir & d'admirer dans ce ſuperbe appareil, les beautés & les graces de ces mortelles Divinités, un petit Amour ſe preſentera, qui fera ſeul une Entrée tres-agreable & digne des belles qualités & de l'addreſſe que, dans un âge delicat, poſſede avantageuſement celuy qui repreſentera ce Perſonnage.

CUPIDON.

IE fus le ſouverain des Dieux,
Tout me rendit obeyſſance,
Et mon Carquois victorieux
Ayant dans l'Univers eſtably ma puiſſance,
D'un pouvoir abſolut je fis ſubir mes Loix,
Dans la ſimple Cabane & les Palais des Roys.

Cependant malgré mon flambeau,
Je vois aujourd'huy que mes flames,
Par un principe tout nouveau,
Ne ſçauroient penetrer dans les cœurs de ces Dames,
Et que ſi ces Meſſieurs vivent deſſous ma Loy,
C'eſt par le mouvement d'un autre que de moy.

C'eſt par l'eſclat de vos beaux yeux,
Incomparable CARACENE,
Et par vos doux apas, mes Dames, qu'en ces lieux,
Les cœurs pleins de reſpect ſont ſoûmis à ma chaine,
Et ſi j'y garde encor quelques authorités,
C'eſt à Tiltre d'hommage à vos rares beautés.

Cette

Cette Entrée achevée, les Nuées dissipées & ces belles Dames descenduës de leur Throsne, elles commenceront la huictiesme Entrée de ce Ballet, où l'Air, le doux concert des Violons, la beauté des pas, la justesse, la bonne grace & la majesté de ces Muses toute charmantes & adorables, disputeront du prix de cette belle Entrée, avec la somptuosité de leurs habits, le bel ordre de leurs atours, & l'esclat d'une infinité de pierreries, dont elles seront richement parées ; & qui ne sera obscurcy, que de celuy de leur beaux yeux.

LES MUSES.

SONNET.

SI l'effect obligeant des graces d'Apollon,
Dedans le rang des Dieux nous fait icy parestre,
Ne vous en fachez pas filles de bon renom,
Nous ne disputons pas la gloire de vostre estre.

Nous vous abandonnons le sejour d'Helicon,
Nous n'examinons pas d'où vous avez peu naistre,
Que vous veniez du Ciel, ou bien de Sicyon,
Jupin du different, est l'arbitre & le Maistre.

 Icy

Icy l'unique but de nos ambitions,
Est d'y faire esclatter la flame triomphante,
Qu'allume dans nos cœurs nostre Divine INFANTE.

Et si quelque autre soin touche nos passions,
C'est d'inspirer à ceux qui bruslent de nos flames,
Que l'amour sans respect ne touche point nos Ames.

NEUFIESME

ENTREE.

A La fin de cette superbe & agreable Entrée, les Heros se joignant aux Muses, en feront ensemble comme une espece de neufiesme par quelques figures de Sarrabande qu'ils danseront par ensemble avec les Castagnettes, qui finira par une chaine, & laquelle achevée aprés avoir rendu quelques civilitez aux Dames & à tous les spectateurs, tous quitteront le masque & se commencera le grand Bal par Mademoiselle de Caracene, conduitte de l'un des Heros; en quoy elle sera suyvie des autres Dames, & des Cavalliers de cette belle & magnifique Entrée.

JUPI-

JUPITER

Faisant la conclusion de la Feste.

ILlustre Pair, à qui cette Terre est commise,
Qui par des soins si glorieux,
Faites connestre à tous le zele genereux,
Dont vostre belle ame est esprise,
Pour un Roy le plus grand d'entre tous les mortels,
Et qui comme nos Dieux merite des Autels.

Aprés cette superbe Feste,
Qui vous doit toutes ses splendeurs,
Et qui va inspirant l'Augure dans les cœurs,
De l'heur que le Ciel leur appreste,
Que reste-il sinon que nous confessions tous,
Que son Ordre accomply n'apartenoit qu'à vous.

Aprés ces adveux equitables,
Que reste-il à desirer,
Sinon de voir long-temps regner & prosperer,
Ces deux personnes adorables,

Dont l'Auguſte Union & la fecondité,
Sont garands aux mortels de leur felicité?

Que reſte-il, diray je encore,
(Et dittes-le tous à la fois,
D'un cœur plein de reſpect pour le plus grand des Roys)
Sinon, pour le bon-heur d'un peuple qui l'adore,
De voir le grand PHILIPPE, *à toute eternité,*
Renaiſtre heureuſement dans ſa poſterité?

FIN.

LES HEROS

Sortant des Champs Elisées:

Le Marquis de Melin, D. Ant. de Cordoua, Les Comtes de Beaumont, d'Erps, & de la Moterie,

Monsr. d'Aveskercke, Le Comte d'Oetingue, Don Iean de Toledo, Don Iean de Velasco.

E T

Les MUSES descendant du Ciel.

Mesdemoiselles de la Motterie, de Grimberg, de Contevilie, & de Montroye,

Mesdemoiselles de Mâmines, de Lalain, Montmorency, & de Condé,

Mademoiselle de CARACENE.

Ce trois lignes se doivent cõmencer de lire par Mademoiselle de Caracene.

CEs deux Machines estant les plus somptueuses de ce Ballet, tant pour les personnes qui les doivent remplir, que par leur propre disposition, & leur idre tout surprenant: on a creu qu'il y auroit de la satisfaction pour ceux qui aui ont pas eu le contentement de les voir, de leur en faire connestre l'œconone, & qu'on ne pouvoit leur en donner une plus parfaite connoissance, qu'en ur faisant voir l'ordre que l'on y a gardé: En quoy il faut remarquer que ans la premiere figure les Heros sortant du fond du Theatre comme des hamps Elizées, la premiere ligne Marque la premiere sortie; laquel au conaire dans celle des Muses, (ces Divinités descendant du Ciel) est marquée par derniere ligne, qui porte le nom de Mademoiselle de Caracene.

Fautes de l'Impression.

Page 11. Ligne 13. Embraser nos ames; embrazer les ames.
Pag. 12. Ligne 16. Lithuanie; Lusitanie.
Pag. 39. Ligne 8. Disperse le jours; disperse les jours.

VERS DIVERS, SVR LE BALLET DES DIX VERDS.

AVEC LES CHANSONS QVI Y ONT ESTÉ CHANTEES.

Au Louure, deuant le Roy & la Royne, ce Ieudy trentiesme iour de Ianuier.

A PARIS,
Par FLEVRY BOVRRIQVANT, en l'Isle du Palais, ruë trauersante, aux Fleurs Royales.

M. DCXIIII.

LES
DIX VERDS
AV ROY.

GRand Roy, l'amour du Ciel, & l'honneur de la terre,
L'Oliue & le laurier (dont les branchages verds
Vous sacrēt Dieu de paix, aussi bien que de guerre)
Sont peints en la couleur dōt nous sōmes couuerts.
Le Destin vous donnant la fortune parfaicte,
De ces diuers rameaux, vostre deuise a faicte:
Si l'Oliuier trop vieux commence de fanir,
Vostre espoir en ces verds mille lauriers reserue,
Qui par tout l'Vniuers se doiuent espanir,
Pour mieux faire florir le rameau de Mineruе.

LE SVBIECT DV BALLET DES DIX-VERDS.

AV ROY.

POur l'amour du fils de Cypris,
Ceste couleur nous auons pris ;
Car tant il ayme la verdure,
Ces arbres sont des Myrthes verds,
Pource que leur feuillage dure
Contre l'iniure des hyuers.

Tout ce qu'enfante vn mois de May
De beau, de gracieux, & de guay
En vn iour void sa gloire esteinte :
Le seul verd ne peut pas mourir,
Et Saturne n'a point d'atteinte
Qui luy deffende de mourir.

Verds d'âge, comme de valeur,
Nous vous offrons ceste couleur
Ainsi qu'Amour le nous commande,
Mais laissons-là ces habits verds,
Ie vois vostre œil qui nous demande
Pourquoy nous sommes tous diuers.

Chasque saison, chasque Element,
Chasque Astre est fait diuersement ;
Et tout iroit à la renuerse,

Si par des changements diuers,
La Nature tousiours diuerse
N'entretenoit cest Vniuers.

Ce que l'onde, la terre, & l'ær
Mouille, soustient & fait voler,
Se produict de diuerse forme :
Le plus diuers est le mieux peint,
Et la clarté seroit difforme
Si tout estoit de mesme teint.

Rien n'est semblable en l'Vniuers,
Tous les Cieux sont-ils pas diuers,
Comme diuerse leur candance ?
Pourquoy donc ne ferions-nous pas
Diuersement en ceste dance,
Et nos figures & nos pas ?

Vous sçauez que nous sommes verds,
Et que nous sommes tous diuers ;
Demandez-vous le nombre encore ?
Nous sommes dix comme les Cieux,
Que l'œil d'vn grand Soleil redore,
Comme Apollon ceux-là des Dieux.

Donc qu'au leuant de nos clartés
Tous autres feux soient escartés ;
Car le mobile qui nous vire,
Et l'œil sur nous se repandant,
Tous les autres flambeau attire
De nostr' Aube à leur Occident.

CHANSON POVR L'ENTRE'E.

AV ROY.

IL nous faut quitter ce parterre,
Puis qu'vn Destin plus gracieux,
Sortans d'vn Iardin de la terre,
Nous ouure vn Paradis des Cieux :
Soleil, puis que nous t'approchons ,
C'est bien le Ciel que nous touchons.

Le sein de l'odorante Flore,
Peint de tant de diuerses fleurs ,
Pour l'amour de toy nous colore
De la plus riche des couleurs:
Des Thresors de son renouueau,
Te donnant ce qu'elle a de beau.

Encor au Printemps de nostre âge,
Autant que petits de pouuoir ,
Grands d'amour comme de courage
Nous sommes reuestus d'espoir:
Car les Dieux nous en ont couuerts ,
Pour te promettre l'Vniuers.

Beaux Lys, que vous aurez de gloire,
Quād l'espoir, qui nourrit nos cœurs,
Finissant comme sa victoire
Par tout vous aura mis vainqueurs :
Tout le monde en sera couuert,
Et lors nous laisserons le verd.

Grand Roy, si nos esbats folastres
Profanent vn enfant des Dieux,
Ce sera pour estre Idolatres
Plustost que peu deuotieux :
Car nous donnons à tes autels,
Plus qu'à ceux-là des immortels.

A LA ROYNE.

Belle Regente de nos Terres,
Dont les regards riches d'appas,
De chasque traict que tu desserres
Donnent la vie ou le trespas:
Belle Aurore, dont le resueil
Nous fait naistre vn si beau Soleil.

Benit soit l'Astre debonnaire,
Dont ta naissance vist l'aspect,
Tousiours pour toy nous puissēt plaire
L'amour, la crainte, & le respect:
Belle Aurore, dont le resueil
Nous fait naistre vn si beau Soleil.

AVX DAMES.

Chanson.

mise en musique par Boesset.
Se trouve p. 69 du v Livre des airs de cour mis en tablature de luth par Gabriel Bataille. Paris 4° 1614.

Cachez, beaux yeux, les amoureuses flammes,
Dont vous blessés si fort
Nos ieunes ans, deffendant à nos ames
D'en receuoir l'effort.
Amour pour toy nous auons pris
L'espoir, & non pas le mespris.

Pour nous monstrer aux yeux de nos Dianes,
Dont nous aimons les loix,
Toutes couleurs nous sont couleurs profanes,
Fors celle-là des bois.
Amour pour toy nous auons pris
L'espoir, & non pas le mespris.

Nous saliions les Deitez de France,
Sans leur parler d'Amour:
Mais nostre verd tesmoigne l'esperance
D'en traicter quelque iour:
Amour pour toy nous auons pris
L'espoir, & non pas le mespris.

V. aussi p. 5 du 1er Livre des airs de Boesset ...

SVR LES DIX VERDS.

AV ROY.

LE Ciel amy de la nature
Couurist la terre de verdure
Auant son ouurage parfait,
Faisant voir sous ceste apparence
Le bien qui n'estoit en effect
Estre du moins en esperance.

L'honneur qui fist nostre naissance,
Pour la fortune de la France,
Nous a de ce verd reuestus,
Pour tesmoigner auant nos aages
Que les plus celebres vertus
S'espereront de nos courages.

Couleur en beauté la premiere,
Aymable comme la lumiere,
Tu nous feras ombre tousiour,
Ou pres ou loin de nostre terre
Dessous les Myrthes en amour,
Ou sous les lauriers en la guerre.

Grand Roy nos futures delices,
Sous le bon-heur de vos auſpices,
A voſtre exemple genereux,
Nous ferons ſuiuant les Oracles
De voſtre Empire bien heureux
Vn vray Empire de miracles.

Vos yeux animant noſtre audace
Nous feront porter dans la Thrace
Le ſacré tige de nos lys,
Et des plus redoutés courages,
Les vieux honneurs enſeuelis
Rendront aux noſtres des hommages.

Beautés du rang des immortelles,
A qui nos ſeruices fidelles
Deſtinent vn iour des Autels,
Nous naſquiſmes ſans exemplaire,
Et le Ciel qui nous a fait tels,
N'en auoit point d'autres à faire.

Soit pour d'vne grace diſcrette
Cacher vne flamme ſecrette,
Ou bien pour aimer conſtamment:
Ainſi les Dames & les Armes

Nous feront estre également
Parfaits Amoureux & Gensd'armes.

A LA ROYNE.

IMage viuante des Dieux,
Qui d'vn doux attrait de vos yeux,
Ou pour l'amour, ou pour l'Empire
Donnez des charmes & des loix,
Si diuins, que l'on ne respire
Que vos appas & vostre voix.

Grande Royne, dont le pouuoir
Nous fait dedans la France voir
Des miracles non imitables;
Dix Verds vous viennent protester
Des asseurances veritables
Du bien qu'ils feront esclatter.

Dix Verds de figure & de port,
Vn iour le fortuné support,
Des lys, des loix, & de la France,
Offrent en leurs ieunes esbats
Ce que peut donner leur enfance
D'esperance dans les combats.

Vous qui tenez l'espoir de tous,
Qui d'vn mouuement graue, doux,
Tenés tant d'ames asseruies,
Faites qu'ils puissent esperer,
Que vous agreés leurs enuies,
Puis qu'ils l'oserent desirer.

AVX DAMES.

LE vert que nous portons au corps,
D'Amour & du Printẽps l'image,
Est pour tesmoigner par dehors
La verdeur de nostre courage.

Le ris, la grace & le plaisir,
Tout le bon-heur de la nature,
Et l'espoir qui fait le desir
Se couurent de ceste peinture.

Les beautez qui sont en verdeur,
Sont d'ordinaire plus aymées,
Elles redoublent nostre ardeur,
Et sont plus long temps estimées.

Vn teint frais, vn sein grossissant
De ieunes pointes my-écloses,

Combien nous va-il careſſant,
De l'eſpoir des lys & des roſes?

Pour celles dont l'aage s'accroiſt,
Et la beauté s'en va fanée,
Ou noſtre courage décroiſt,
Ou noſtre flamme eſt prophanée.

Vous-meſmes de noſtre Printemps,
Trouués la verdeur plus aymable,
Ou pour le gouſt du paſſetemps,
Ou pour en eſtre plus durable.

Ceux dont l'aage ride le front,
Et la ſaiſon eſt demy-morte:
Les Dames leur font vn affront,
Ou l'amour leur ferme la porte.

Le Ciel efface ces ennuis
Quand de verd la terre eſt couuerte,
Et ce me ſemble les bons fruicts
Ont d'ordinaire la queu verte.

Aymés donc ce verd ornement,
Et la brigade qui le porte,

Hors l'esprit & le iugement
Le verd est bon de toute sorte.

AVX DAMES.

Chanson.

MES Dames, ceste ieune bande
Pleine d'amour & de verdeur
N'a cœur, ny veine qui ne tende
A vous monstrer auec ardeur
Qu'ils sont verds en tous les combats
Qu'Amour & Mars font icy bas.

Vous les croirez plus fols que sages,
Et direz qu'ils sont pleins de vent:
Mais vous verrez par leurs courages
(Si vous les allez esprouuant)
Qu'ils sont verds en tous les combats
Qu'Amour & Mars font icy bas.

Leur valeur surpasse leurs tailles,
Leur esprit surmonte le corps
En amour, & dans les batailles

ls ſeront voir par leurs efforts
  Qu'ils ſont verds en tous les combats,
  Qu'Amour & Mars ſont icy bas.

Mais qu'ay-ie dit, ô belles ames,
Ce ne ſont pas icy vos gens,
Ils ſont trop petits pour les Dames,
Elles en veulent de plus grands,
  Qui ſe monſtrent verds aux combats
  Que l'Amour fait faire icy bas.

LES MESMES
DIX VERDS
AV ROY.

*LES dix Verds, ô grand Roy, vou
offrent ces dix vers :
Et si de vostre esprit les miracles diuer
Se pouuoiẽt en dix vers chãter par nótre Muse
Nous les ferions ouyr : mais ce qui nous ex
cuse,
Sont vos perfections qu'on ne sçauroit nõbrer
Et qui se peuuent mieux croire que celebrer.
Ces dix Verds sont diuers, seulemẽt à la dãce
Mais de zele & de cœur, pour vous & vo
stre France,
Ils ne sõt point diuers: car leur plus douce Loy
Est de viure & mourir pour l'amour de leur
Roy.*

FIN.

LE GRAND BALLET DES EFFECTS DE LA NATVRE.

PRESENTE' AV ROY.

Qui doit estre dansé le Lundy 27. Decembre 1632. & les trois iours suiuans, à deux heures precisément, au Ieu de Paume du petit Louure, au Marest du Temple.

A PARIS,
Chez IEAN MARTIN, sur le Pont S. Michel, à l'Ancre double.

M. DC. XXXII.

PREFACE.

SI les Anciens ont appellé la Poësie vne Peinture parlante, & la Peinture vne Poësie muette; A leur exemple nous pouuons appeller la Dance, & sur tout celle qui se pratique dans nos Ballets, vne Peinture mouuante, ou vne Poësie animee. Car comme la Poësie est vn vray tableau de nos passions, & la Peinture vn discours muet veritablement, mais capable neantmoins de resueiller tout ce qui tombe dans nostre imagination: Ainsi la Dance est vne Image viuante de nos actions, & vne expression artificielle de nos secrettes pensees.

Aussi est ce pour cela que la pluspart des peuples du monde l'ont tousiours euë en telle *estime, qu'ils l'ont introduite dans leurs plus sacrez mysteres, & n'ont point feint de dire qu'il y auoit en elle quelque chose de diuin. Iusques-là mesme qu'ils ont creu qu'elle auoit pris son origine dés le commencement du monde, sur le patron du mouuement des Cieux, & des Astres, dont le cours, l'ordre, & la conionction, ne sont en effect que des dances mesurées, & parfaitement accordantes: Mais laissant à part tous les aduantages qu'elle remporte sur les exercices les plus loüables, & d'ailleurs n'y ayant personne qui la puisse iustement blasmer en sa presence, si ce n'est quelque esprit barbare qui n'ait pas le goust des bonnes choses; Ie diray qu'entre les plus honnestes diuertissemens où les Rois, & les Princes se sont tousiours pleus, il n'y en a pas vn qui ne cede à celuy des Dances & des Ballets. Aussi n'ont ils iamais espargné ny soins, ny veilles, ny peines, ny despences pour les faire esclatter dans l'occasion. De là sont prouenuës tant de riches inuentions, tant de nouuelles machines, tant d'excellentes musiques, & tant de rares Poë-sies ; Ce qui a esté tousiours accompagné de tant d'esclat , que si nous n'auions le courage assez bon, il ny a point de doute que tout cela seroit suffisant de nous esblouyr , & de nous oster l'esperance de mieux faire. Mais comme il ny a rien de si accomply, que le temps n'y puisse encore adiouster quelque nouuelle grace ; Il faut aduoüer que les esprits de ce siecle apperçoiuent encore quelque chose au delà de la perfection que nos peres se sont imaginez ; Et principallement dans ceste matiere, où il n'est question que de la gentillesse de l'esprit, & de l'agilité du corps, pour le contentemẽt des yeux, & le plaisir des oreilles. C'est pourquoy tant de bons esprits contribuent tous les iours à l'enuy tout ce qui depend de leur industrie & de leur art , pour paruenir enfin à ce but où nous aspirons. Mais entre tous ceux de qui le trauail est à estimer , ceste agreable trouppe composee de tant d'honnestes gens , & si experimentez dans leur profession , est infiniment recom-*

mandable; En ce que ne considerant que bien peu ses interests particuliers, son principal dessein est de contenter le public, & de luy estre cõme ceste agreable Panacée, qu'vn Ancien Poëte faict découler de la teste d'Apollon, afin de guarir toutes les playes que la melancholie fait naistre dans les ames. Leur premier Ballet a esté comme vn eschantillon de la piece entiere. Les autres suiuans feront voir le reste: mais certes auec tant de pompes, & de nouuelles decoratiõs de Theatre, tant de belles machines, tant d'airs, & de vers differens, tant de nouueaux pas, & de diuerses postures, que l'on ne pourra sans quelque sorte d'iniustice leur refuser de l'applaudissement. Que l'on n'estime pas que la flatterie me face parler de la sorte. C'est vne verité que ie publie auec aussi peu d'artifice & de fard, qu'ils apporterõt beaucoup d'ornemẽs pour faire paroistre leurs feintes, dont les effects surpasseront les promesses. Cependant s'il se trouue quelqu'vn qui ne puisse estre encore persuadé, & qui soit préuenu d'vne creance contraire, qu'il approche ſeulement, & qu'il voye. Ie m'aſſeure qu'il changera bien toſt d'eſprit, & de penſee, ainſi qu'vn Philoſophe diſoit de ceux qui entroient dans les temples, qui voyoient les images des Dieux, ou qui entendoient la voix des Oracles.

SVIET DV GRAND BALLET DES EFFECTS DE LA NATVRE.

CE Superbe & magnifique BALLET est vne suitte continuë des effets que la Nature fait voir en la naissance de l'homme. Et pour ce que ce sujet n'est pas de ceux qui sont tirez du sein des fables, ou des misteres de l'Antiquité, il porte luy-mesme sa Moralité, & son allegorie. C'est pourquoy il suffit d'en marquer icy les diuerses entrées, afin d'en donner vne parfaicte intelligence.

D'autant que les choſes qui ſurprennent, touchent plus puiſſamment les ſens, on s'eſt aduiſé de cacher la face du Theatre de telle façon, que ny du Parterre, ny de l'Amphitheatre, ny meſme des Galleries, on ne pourra voir la Scene deuant que de commencer le BALLET. A cét effect il y aura vne grande toile qui s'eſtendra au deuant, & prenant depuis le haut du plancher iuſques à terre, tiendra tous les aſſiſtans dans vn impatiët deſir de voir ce qu'elle cachera. L'heure eſtant venuë de l'abbatre, elle diſparoiſtra incontinent, & deſcouurira vne Scene tout à fait Comique; Ce ſera vne ſalle à faire Nopces, reueſtuë de tapiſſeries, eſclattante de flambeaux & de lumieres, & parée de tous les autres ornemens requis en ſemblable occaſion. Mais tandis que chacun repaiſtra ſes yeux de la beauté de cét object, la Nature paroiſtra tout à coup, & s'adreſſant aux Dames comme à ses plus beaux ouurages, chantera ces vers suiuans auec vne grace qui luy sera si naturelle, que chacun aura sujet d'aduoüer qu'en toutes choses la Nature est meilleure que l'Art.

RECIT DE LA NATVRE.

AVX DAMES.

ASTres brillans de cette Cour,
Dont l'esclat offusque le iour
Que ie tire du sein de l'onde;
Que vos attraits me semblent doux!
Et que l'on auroit eu peu de plaisir au monde
S'il eut esté sans vous!

Aussi vous forcez les Mortels
D'ériger par tout des Autels
A vos graces incomparables;
Et les Dieux mesmes se croiroient
Indignes du pouuoir qui les rend adorables,
S'ils ne vous adoroient.

C'est par moy que vous esclattez
Dedans ces aimables beautez
Que les hommes n'ont qu'en peinture;
Et tout l'honneur qu'on vous depart
Est plutost vn effect des dons de la Nature,
Que des graces de l'Art.

Entrée. Comme elle se sera retirée, vn vendeur de Houssoirs viendra faire son entrée en cadance. *Entrée.* A sa rencontre viendront deux Seruantes, lesquelles apres auoir marchandé & achepté de houssoirs se mettront en deuoir de balier la Salle, & d'en oster les araignées. *Entrée.* Celles-cy seront suiuies de deux Sergés, tenans chacun vne halebarde en main, qui s'empareront de la porte pour empescher le desordre & la confusion, & repousser ceux voudroient entrer sans estre conuiez. *Entrée.* Cela fait paroistrôt deux Cuisiniers sans pourpoint, le bonnet en teste enuironné d'vne queuë de regnard: ils seront chargez de toutes sortes d'vſtancilles de Cuiſine, comme de broches, de landiers, de bouteilles, & de toutes les autres choſes neceſſaires; Et en cét equipage faiſant vn tour dās la Salle, danſeront ſur vn air aſſez folaſtre. Ce Recit ſera conceu en ſes termes.

RECIT DV MARIE'
ET DE LA MARIEE.

O Que d'Amour la fleſche eſt
douce!
Que tous ſes effets ſont charmans!
Il rid aux fidelles Amans
Deſſus le point qu'ō croid qu'il ſe courouce;
Il a, tout Dieu qu'il eſt, des ſentimēs humains,
Et dés qu'il ioint nos cœurs il veut ioindre nos
mains.

Apres tant de peines paſſées,
Il eſt venu tarir nos pleurs;
Si nous allons cueillir des fleurs,

Ce ne ſont plus ny ſoucis, ny penſees :
Mais bien les fleurs qu'Hymen empeſche de vieillir,
Et que dans ſes vergers on a droit de cueillir.

Dans ce bon-heur qu'il nous octroye
Monſtrons nous ſi gays aujourd'huy,
Que comme nous mourions d'ennuy,
Vous nous voyiez biẽ toſt mourir de ioye :
Mais, ô douces faueurs, où nous penſions le moins !
Les myſteres d'Amour veulent peu de teſmoins.

C'eſt en ſecret qu'il nous martyre
Et qu'il nous fait deſeſperer ;
Laßé de nous voir endurer
C'eſt en ſecret außi qu'il nous fait rire,
Nous offrant tout le bien que l'on peut ſouhaiter,
Bien qu'on a peine à dire, & plaiſir à gouſter.

Cela fait, apres que le Marié & la

Mariée auront enuoyé deuant eux leur recit, où ils expriment le contentement extréme qu'ils reçoiuent d'vne si heureuse & si parfaite vnion, ils paroistrót sur le Theatre richement habillez, & feront bien voir à leur contenance que c'est pour eux que se fait toute ceste feste.

Les parens du Marié & de la Mariée les suiuront de prés, & danseront auec plusieurs differentes figures sur vn autre air fort gay, & du tout conuenable à leur commune allegresse. Mais comme la diuersité des objects est ce qui charme le plus les sens, pour resiouïr d'autant plus la compagnie, paroistra sur la Scene vn fol de village ou batteur de sonnettes, lequel vestu de gris, de jaune & de vert, le capuchon sur la teste de mesme couleur, & la marotte en main, dansera sur vn air aussi bouffon que ses desmarches seront extrauagantes. Ce sera vn plaisir de le voir al- Entrée.

ler au deuant des parens pour les inuiter les vns apres les autres de venir faire leurs dons, qu'ils presenteront, les vns auec grauité, & les autres follastrement selon leur aage & leur condition, le tout au son d'vne Musique de hauts-bois aussi douce qu'elle sera differente. En suitte dequoy on couchera la Mariée, où toutes les ruses & les galanteries que l'on a de coustume de pratiquer en semblables rencontres ne seront point oubliees. Pendant cela on oyra vn concert de flutes, qui feront aduoüer à l'assistãce que toutes les merueilles que les Histoires rapportent de cét ancien joüeur de flutes Ismenias, ne sont rien que l'ombre de ce qu'ils entendront. Ceste melodie sera suiuie d'vne Serenade, composee de toutes sortes d'instrumens de Musique, dont les accords rendront vn si agreable resonnement, que l'on n'a iamais rien oüy de plus delicieux. Apres cela comme si

Entrée.

la nuict s'estoit déja escoulée, on verra paroistre sur le Theatre quatre Valets de fest. qui porteront le broüet. Le grand soin qu'ils auront de ne rien respandre, ne leur fera pourtant oublier vn seul de leurs pas. Et apres qu'ils auront fait quantité de singeries & de postures bouffonnes, ils disparoistront pour faire place à la nouuelle Mariée, de qui le ventre enflé fera bien paroistre qu'elle n'aura pas couché toute seule, & que sa terre aura esté si bien cultiuée qu'elle produira bientost les premiers fruicts de son mariage.

Entrée.

Entrée.

Iusques icy on n'aura veu que des choses cómunes, qui pourtant auront esté non communément representées. Mais d'oresnauant, comme si par quelque puissance extraordinaire, les spectateurs auoient esté transportez de la terre au Ciel, ils seront tous esbahis qu'ils ne verront plus rien paroistre

deuant leurs yeux que des Diuinitez.
Ce feront les fept Planettes, lefquelles faifant la meilleure partie des effets de la Nature, fe prefenteront pour verfer leurs influences fur cet Enfant de qui la naiffance eft attenduë de tous auec vne impatience extréme. A cet effet, la Scene fe changera icy tout à coup. Et au lieu d'vn fejour agreable qu'elle eftoit, ce ne fera plus qu'vn defert plein d'horreur & d'effroy. On ne verra plus là que des mōtagnes couuertes de neiges, que des rochers affreux, & que des fleuues de glace, dont l'afpect fera capable de faire tranfir de froid les plus efchauffez. A mefme temps on verra paroiftre vne groffe nuée, du milieu de laquelle Saturne fortira tout couuert de glaçons & de neiges, & tout enuironné de bruines & de frimas. En cet equipage il recitera ces vers en faueur des Efprits melancoliques fur lefquels il prefide.

RECIT DE SATVRNE.

En faueur des Melancoliques.

QVoy que ceux-cy viuent à l'ombre,
Et monstrent vn visage sombre,
Leur cœur est toutesfois incapable d'ennuy:
I'aiguise si bien leurs caprices,
Que dans leur entretien ils trouuent des delices,
Ainsi que du dégoust dans l'entretien d'autruy.

C'est d'eux que naissent les Prophetes,
Les Philosophes, les Poëtes,
Dont le corps est sur terre, & l'esprit dans les (Cieux;
En effet à quoy que s'applique
L'hôme enqui ie respans l'humeur melancolique,
Autant qu'il est pensif il est ingenieux.

Ainsi pour espurer les Ames
Ma froideur vaut mieux que les flâmes
Qu'inspirent à l'enuy les autres Immortels.
O fleur d'eternelle durée
FRANCE, *veux tu joüir de ma saison dorée,*
Aux Esprits releuez esleue des Autels.

Apres que Saturne se sera retiré, pa-
Entrée. roistront quatre petits Saturniques, qui seront quatre petits Garçons morfondus tous couuerts de peaux & de bonnets fourrez. Ils feront tout ce qu'il leur sera possible pour s'eschauffer dans la danse, où leurs tours de souplesse les rendront admirables.

Ceux-cy n'auront pas si tost dansé que cette affreuse peinture de l'Hyuer
Entrée. s'éuanoüira tout à coup à l'arriuée de Iupiter, lequel tirant apres luy la haute montagne d'Ætna toute enflámée, fondra ces glaces, & fera paroistre
* toute la Scene en feu. Du sein de cette
Entrée. montagne sortiront quatre Colles ou Siciliens, de qui les pantalonades seroient fort agreables à raconter si elles n'estoient beaucoup plus plaisantes à voir. Ces quatre Siciliens s'estant re-
Entrée. tirez, Mars s'auancera sur la Scene, plus eschauffé de colere que du feu dont il
Entrée. sera enuironné. Il sera suiuy de quatre

Guerriers armez de toutes pieces, qui esprouueront leurs forces les vns contre les autres, & feront en cadance vne infinité de beaux faits d'armes. Apres qu'ils se seront lassez dans ce combat, d'où chacun sortira victorieux, en ce que pas vn d'eux n'aura esté vaincu, ils s'escarteront pour faire place au Soleil, *Entree.* de qui les rayons jetteront beaucoup plus d'esclat que les feux du Montgibel. Il sera accompagné de quatre Neigres *Entree.* qui en dansant luy rendront de semblables honneurs que les Perses ont accoustumé de rédre à ce bel Astre lorsqu'il est au poinct de son Orient.

Le Soleil & ces Neigres n'auront pas si tost dansé qu'ils se retireront au lieu d'où ils seront partis. Et à mesme téps, sans que les spectateurs s'en apperçoiuent, la Scene chágera encore de face; le tout en faueur de l'arriuée de cette belle & amoureuse Planette qui porte le *Entree.* nom de Venus. Elle sera suiuie d'vne

Entree. troupe d'Amãs, dót les vns ſous diuerſes figures montreront les faueurs de
leurs Maiſtreſſes, & les autres feront
paroiſtre le iuſte ſujet qu'ils ont de ſe
plaindre de leurs diſgraces. Iamais les
vergers de Paphos ny d'Erice, ny les
Palais d'Apollidon ne furẽt ſi beaux ny
ſi charmans que la Scene paroiſtra lors.
Ce ne ſeront que ruiſſeaux de cryſtal,
que ſources viues, que concerts d'v-
ne infinité d'oiſeaux, & que prairies
tapiſſées de toutes ſortes de fleurs. Ce
ne ſeront que petits bois de myrthes
chargez de carquois & de fleſches, &
tous ſemez de chiffres, de deuiſes, & de
trophées d'Amour. Ce ne ſeront que
vallons & que collines, dont l'air eſ-
chauffé des flâmes de cet aimable Tyran de nos cœurs, fera reſpirer des dou-
Entree. ceurs infinies. Mercure paroiſtra en
ſuitte, accompagné de diuerſes per-
ſonnes actiues, & ſoigneuſes de leur
Entree. profit. Là paroiſtront quelques Pro-

cureurs, qui danſeront, l'eſcritoire au coſté, tenant la plume d'vne main, & des papiers de l'autre. Ce qu'ils feront veritablement de ſi bonne grace, & auec tant d'agilité, qu'ils ſeront eux-meſmes eſtónez, de ce que contre l'ordinaire on regardera pluſtoſt à leurs pieds qu'à leurs mains.

Apres qu'ils ſe ſeront retirez, laiſſant à toute l'aſſiſtance vn grand deſir d'eux, la Lune deſcendra du Ciel en terre, & chantera ces paroles, en l'honneur du Roy, & de la Reine.

RECIT DE LA LVNE.

QVelle puiſſance nompareille
M'a fait abandonner les Cieux?
Qui m'a conduite dans ces lieux
Où iamais la Nuict ne ſommeille?
Ce ſont des charmes inoüis
*Qui naiſſent des yeux d'*ANNE*, ou des mains de* LOVIS.

Quoy que l'vn ou l'autre desiré,
Chacun d'eux en est possesseur;
Et tout par force, ou par douceur
Vient reconnoistre leur empire.
Mais Dieux, que voicy d'appareils!
La Lune peut elle estre où luisent deux Soleils?

Si quelque chose m'importune
Dans l'heureux estat où ie suis,
C'est que ces fous que ie conduis
Ont plus de lunes que la Lune.
Que, dis-je, ils cessent d'estre fous,
Puis qu'ils cherchent l'honneur de viure aupres de vous.

Ce recit estant acheué, la Lune prendra plaisir de voir les diuerses postures d'vn grand nombre d'hommes lunatiques, ou estropiez de ceruelle qui la suiuront. Et là on verra vne bouffonnerie qui n'eut iamais rien de pareil, si peut-estre ce n'est le grand Ballet; auquel pour conclusion tous les danseurs s'vniront ensemble à l'heure mesme, m..me, & feront voir dans leurs differentes figures, que l'art de plaire & de rauir est vne qualité tout à fait inseparable de cette agreable compagnie.

Tout ce que ie viens de representer, n'est que la premiere partie du grand Ballet des Effets de la Nature. La seconde partie duquel ne se dansera que la sepmaine suiuante, & aura pour tiltre, le Ballet des cinq sens de Nature; où l'on verra sans doute des ornemens & des beautez qu'à peine pourroit-on rencontrer ailleurs.

Av reste le Lecteur sera aduerty, qu'ayant pris la charge de faire ce discours, ie n'ay eu du temps pour le cóposer qu'autant qu'il en a fallu pour escrire, & qu'il eut paru auec plus d'ornement, si i'eusse eu plus de loisir. Pour ce qui est des vers, d'autant que i'ay eu vn peu plus de temps, i'ay tasché d'y ioindre encore quelque autre grace à celle de la promptitude. Au pis aller i'espere de le satisfaire dauantage dans la seconde partie de ce Ballet, où ie m'efforceray de produire quelque chose qui sera plus digne de son entretien, & de mes pensées.

FIN.

VERS

POVR QVELQVES ENTREES PARTICVLIERES.

Pour vne Seruante.

C'EST à ce coup qu'il faut ſe retrouſſer la manche,
Et nettoyer par tout comme ce bon valet;
Mais ſans rien deſguiſer, ſi i'aime ce Balet
C'eſt à cauſe du manche.

Pour vn Sergent.

I'incague ces braues Guerriers
Qui ne parlent que de conqueſtes,
Ie fay littiere des Lauriers
Dont ils enuironnent leurs teſtes;

Et les plus chauds d'entre eux demeurent les plus
Au bruit de mes exploits. (froids

Pour les Hallebardiers.

Courage compagnons, tenons nous sur nos gardes,
Le Bourgeois veut, dit on, nous prēdre au dépourueu;
Mais il verra bien tost ce qu'il n'a iamais veu,
Lorsqu'il verra sur luy pleuuoir des hallebardes.

Pour vn Cuisinier.

I'ay beau faire des vœux, pas vn ne les exauce;
Si FLORICE *vouloit m'obliger vn petit,*
Ie luy ferois gouster d'vne si bonne sauce,
Qu'elle en demeureroit dessus son appetit.

Pour la Mere de la Mariée.

Tu pleures vainement, que veux tu que i'y face?
C'est vn petit assault qu'il te faut soustenir:
Si ie mens, que le mal duquel ie te menace
Me puisse maintenant à moy mesme aduenir.

Pour Mars.

Chacun me craint comme vn tonnerre
Dés-que mon visage pareſt;
Et dans toute ſorte de guerre
I'ay touſiours la lance en arreſt.

Pour les Guerriers.

Voila que c'eſt de ſuiure vn qui vit de rapine,
Il nous à vollé tout horſmis la bonne mine;
Mars, quel affront pour toy ſi ta belle Venus
Nous rencontre tous nus.

Pour le Soleil. Aux Dames.

Que de feux, & de traits accõpagnent vos yeux!
Ils ont trop d'aduantage à me faire la guerre;
On ne void qu'vn Soleil qui brille dans les Cieux,
Mais i'en vois eſclatter mille deſſus la terre.

Pour vn Neigre. A ſa Maiſtreſſe.

Si cette couleur que ie porte
Eſt auſſi ſombre qu'vn cercueil;
C'eſt que mon corps porte le dueil
De ce que ma franchiſe eſt morte.

Pour Mercure.

Enfin ie ſuis vaincu, cette ardante bleſſure
Tarit mon eloquence, & m'impoſe la loy:
Et quoy que Dieu des fins on m'appelle Mercure,
Amour eſt vn Démon beaucoup plus fin que moy.

Pour les Lunatiques.

Pour ſe mocquer de nous, en eſt-on plus honneſte?
La Folie eſt vn mal dont chacun ſe reſſent;
Il eſt vray, nous portons la Lune dans la teſte,
Mais c'eſt pour en donner aux autres le Croiſſant.

Pour vn Procureur.

Ie me plais dans le ſac & dedans la chicane
Plus que dedans les eaux ne ſe plaiſt vne cane;
Si ie ſuis vn Docteur ce n'eſt pas de la Loy;
Il ſuffit que i'entens les poincts de la Couſtume,
Et que n'eſtant pourueu que d'vne ſeule Plume
Il n'eſt pas vn Oyſeau qui vole mieux que moy.

COLLETET.

L'ORDRE DES ENTREES
du present Ballet.

Recit de la Nature.

Entrée d'vn vendeur de houssoirs.

Deux Seruantes.

Deux Archers.

Deux Cuisiniers.

Recit pour la Mariée.

Le Marié & la Mariée.

Le pere & la mere.

Les parens.

Les Bourgeois.

Le Batteur de sonnettes.

Les presens.

On couche la mariee.

Les Serenades.

Le broüet.

Commencement des sept Planettes.

Recit de Saturne.

1. Saturne.

Les Saturniques.

2. Iupiter.

Le Mont-Gibel.

Les Siciliens, ou Colles.

3. Mars.

Les Guerriers.

4. Le Soleil.

Les Negres.

5. Venus.

Les Amoureux.

6. Mercure.

Les Procureurs.

7. La Lune.

Les Lunatiques.

Recit de la Lune.

Boufonnerie pour les petits.

Grande boufonnerie.

SVIVANT & conformément au Breuet donné par le Roy à Horace Morel, Commissaire general de ses feux d'artifice, en datté du 17. de May 1631. signé LOVIS, & plus bas DE LOMENIE; Et depuis verifié par Monsieur le Lieutenant Ciuil, & du consentement de Monsieur le Procureur du Roy, en datte du 8. Nouembre 1632. au pied d'vne requeste presentée par ledit Morel; Luy & ses Associez en la conduitte des Ballets qu'ils doiuent representer publiquement, en vertu dudit Breuet qu'il en a de sa Majesté, & verification d'iceluy; ont choisi sous le bon plaisir de sadite Majesté, & de Monsieur le Lieutenant Ciuil, Pierre Rocolet, Pierre Chenault, & Iean Martin, pour imprimer, vendre, & distribuer tout ce qui concernera generalement lesdits Ballets. Promettant de les proteger enuers & contre tous, & faire saisir toutes autres copies qui se trouueroient faites par autres que les susdits Libraires & Imprimeurs, comme il est plus amplement porté par l'accord fait entre lesdits Morel & ses associez, & lesdits Rocolet & consors, le septieme iour de Decembre, mil six cens trente deux.

BALLET DES ESCLAVES.

AVX DAMES.

Recit musical auec machine

VIVE Source d'Amour d'ou naissent les plaisirs
Qui rauissent nos ames,
Belles qui nuit & iour allumés des desirs,
Qui consomment nos cœurs par des soupirs de flammes,
Appaisez vos rigeurs, car c'est à vos beautés
Que vous deués le prix de nos captiuités.

La fortune & l'Amour disputent deuant vous,
Auecque la nature,
Mais ces deux de l'amour apprehendent les coups,
Et reuerent en vous sa viuante peinture,
Car vos yeux sont si doux, qu'il doit à ces vainquœurs,
L'aymable auctorité qu'il a dessus les cœurs.

Tout ce qu'on dit d'Amour ne sçauroit nous charmer,
O! beautés sans pareilles,
Il n'y a rien en luy qui puisse faire aymer,
Mais vous nous découurez chaque iour des merueilles,
Et jamais ne sera admis au rang des Dieux,
S'il ne regne en vos cœurs comme dedans vos yeux.

PREMIERE ENTRÉE.

POVR VN DEMON DES ESCLAVE,

AVX DAMES.

MALGRÉ les hommes & les Dieux,
Il n'y à rien dessous les Cieux
Qui ne redoute ma puissance,
Ie tiens esclaues sous mes loix
Les Grands, les Princes & les Roys,
Aussi-tost qu'ils ont pris naissance.

SECONDE ENTRÉE.

POVR DEVX LACQVETS, ET VNE SERVANTE,

AVX DAMES.

SI nous ne pouuons aspirer,
A vous cherir & adorer,
Comme trop vile creature,
Estant nés pour estre subjets,
Nous trauaillons sans interests,
Comme le veult nostre nature.

TROISIÉME ENTRÉE

POVR VN AVARITIEVX ET VN PRODIGVE.

AVX DAMES.

LES naturelles passions
Nous tiennent en subjections,

Comme ces hommes en machine;
En vain nous les Voulons forcer,
Puisque l'on ne peut arrester
Le cours de l'Astre qui domine.

QVATRIESME ENTREE.

POVR VN FOL ET VNE FOLLE.

AVX DAMES.

De se railler de Fols, c'est chose fort commune;
La Folie est vn mal dont chacun se ressent,
Mais si dedans ma teste on voit regner la Lune,
C'est pour faire porter aux autres le Croissant.

CINQVIE'ME ENTRE'E.

POVR L'AMOVR.

AVX DAMES.

Sans que jamais vous m'ayés veu,
Sans que jamais vous l'ayés sçeu,
Vos rares beautez m'ont fait naistre:
Belles apprenez qui ie suis,
Si vous me voulez bien cognoistre,
Vous pourez beaucoup plus scachant ce que ie puis.

SIXIE'ME ENTRE'E.

POVR VN BERGER AMOVREVX D'VNE REINE DONT IL EST AYM'E,

AVX DAMES.

QVE nostre sort est doux. que nos ames contentes,
Respirent de parfaits plaisirs,
Nos feux sont innocens, nos flames sons constantes,
Ainsi que sont tous nos desirs;
Mon baston pastoral à charmé ma Princesse,
Tout Berger que ie suis i'en ay fait ma maistresse,
Cet insigne bonheur rend tous les Dieux jaloux,
Elle ayme ce baston plus que le diadesme,
Il finit sa lanqueur, & la mienne de mesme,
Mais ce n'est pas celuy dont ie chasse les loups.

AVTRE POVR LE MESME.

QVOY que bien differens de rang & de noblesse,
Amour ne laisse pas de nous bien ajuster,
Car s'il fait abaisser cette belle princesse.
Ce petit insolent me fait souuent monter.

4.rs
Ligaudri
rnut

SEPTIE'ME ENTRE'E.

POVR TROIS GALLANTS. AVX DAMES.

QVOY demeurer tousiours confus,
Sans cesse souffrir des refus,
Ou seroit donc nostre refuge;
Belles l'amour demeure en vous:
Vous ne pouuez le recuser pour Iuge,
Si vous le voulez bien, nous le voulons bien tous.

HVICTIE'ME ENTRE'E.

POVR VN VIEILLARD DONNANT SERENADES A SA DAME.

AVX DAMES.

IE fais honte à ces Ieunes gens,
Qui croiroyent en estre malades,
L'hyuer à la pluye & aux vens,
Quand ie donne des ſerenades,
Belles ſans reſpecter mon aage,
Eſprouuez moy dans l'eſclauage
Ce viſage emprunté fera noſtre aduanture,
Si vous daignez gouſter le diuertiſſement,
Que vous promet vn autre & plus doux inſtrument,
Il y va ſeullement de me dire voſtre heure.

NEVFIENE ENTREE.

POVR LA FORTVNE.

AVX DAMES.

IE ſuis cette Déeſſe qui reduit vn Royaume
En petite cité,
Et qui faits des Palais vne maiſon de chaume
Plaine d'auerſité,
Mais auiourd'huy pour vos beaux yeux,
Ie veux que tout rie en ces lieux.

DIXIEME ENTREE.

POVR DEVX IARDINIERS.

AVX DAMES.

NOVS fouïllons en tous lieux il n'eſt aucune plante,
Dont nous ne découurions les ſecretz importans,
Nous faiſons l'écuſſon & nous entons en fente,
Selon que le requiert la façon ou le temps,

Nos arrousoirs tous plains font germer toutes choses,
Ils forment dans l'esté les œillets & les roses,
Mais ce n'est pas pourtant par ces petits conduits,
Que nous rafraichissons l'ardeur de la nature,
C'est auec la vertu d'vne liqueur plus pure,
Qui fait cesser les fleurs, & fait porter des fruicts.

VNZIESME ENTREE.

POVR DEVX POETES.

AVX DAMES.

NOVS sommes des Chantres d'amour,
Belles, qui veillons nuict & iour
Pour vostre honneur & vostre gloire,
Sans nous on ne cognoistroit pas
Ce qu'on peu vos charmans apas,
Car nous vous mettons dans l'histoire.

DOVZIESME ENTRE'E.

POVR TROIS BRAVES.

AVX DAMES.

DANS les combats guerriers nous sommes genereux,
Nous en sortons chargez de palme & de victoire:
Mais il faut aduoüer qu'aux duels amoureux,
Vous ne manqés iamais d'en r'emporter la gloire.

TREIZIE'ME ENTRE'E.

POVR QVATRE MATELOTS.

AVX DAMES.

SANS le secours de la boussole,
Qui dans la nauigation,
Par vne rare affection
Enseigne aux Matelots le Pole
Sans vouloir cognoistre le Nort,
Nos auirons sans nulle peine,
Auec nature qui les meine.
Ne manqueront jamais le Port.

POVR LE GRAND BALLET,

POVR HVICT ESCLAVES.

AVX DAMES.

DANS l'aymable prison de l'Empire amoureux,
On n'a jamais cogneu d'Esclaues plus heureux,
Que ceux que vous voyez parestre,
Ils n'ont d'autres plaisirs que de vous diuertir,
Puisque vos yeux les ont faict naistre,
Faictes les y entrer plustost que d'en sortir.

Dancé a Chartres La Jolie

A Madamoiselle Girault

BALLET

DES FOLS,

DANSE' EN L'HOSTEL DE Monſieur de Montmorency & auttes lieux le 2. de Mais de ceſte preſente annee.

Dedié aux Curieux.

A PARIS,

Chez PIERRE AVVRAY, marchand Libraire demeurant en l'Iſle du Palais, au Saphyr b'eu.

M. DC. XX.

BALLET DES FOLS.

AVX CVRIEVX.

IE qui suis la mere feconde
Des Dieux, & des beautez du monde,
Bien que plus basse en l'uniuers,
Je viens aduouer à ma gloire
Que voz beautez ont la victoire
Sur tous mes ouurages diuers.

Ce siecle les autres surmonte,
Vos beautez aux autres font honte,
Qui n'estoient qu'en ombre iadis,
Et chacun qui vous cognoist, Belles,
Bien que par moy vous soyez telles,
Me faict par vous un paradis.

De cette louange estimee
Au bien de vostre renommee,
Je fais sortir ces Curieux;
Qui sont de vrais Fous en essence,
S'ils cherchent d'Amour la naissance
En autre lieu que dans vos yeux.

Ces Fous par tout à haute game,
Voyans quelquefois une Dame
Suyure l'esclat d'un diamant:
Ont iugé d'une ame mal faitte;
Que dans son essence parfaitte
Logeoit tout le bien d'un Amant.

Et pource qu'un Amant souhaitte
Rechercher la vertu secrette
Qui fait fleschir une Beauté,
A cette recherche cachee
Leur ame est si fort attachee,
Qu'ils en perdent la liberté.

O la folie nompareille,
Que l'Amour cause de merueille
Dedans l'imagination:

Quittez cette entreprise vaine,
Ces belles vous monstrent sans peine
L'Amour en sa perfection.

Belles dont le renom illustre
Me sert d'ornement & de lustre,
Celuy qui ne le cognoist pas
Est comme un monstre en la nature,
Et ne veit iamais qu'en peinture
La Beauté, la Grace, l'appas.

FOLLASTRERIE AVX DAMES.

CEs Fous tous blessez de ceruelle,
Qui cherchent d'vne erreur nouuelle
L'Amour au dedans d'vn rocher,
Changeroient bien tost de folie,
Si quelqu'vne estoit si iolie,
Qu'elle se laissast rechercher.

AVTRE FOLLASTRERIE AVX DAMES.

O Fous quittez vostre Folie,
Dessous la roche d'vn beau sein,
Si vne belle ne s'offence
Ie vous estime assez subtils
Pour trouuer auec vos outils
De l'amour la parfaicte essence.

VERS D'VN AVTRE BALLET.

LA FOLIE D'VN MESSAGER.

AVX DAMES.

APres auoir languy long temps,
Loin de vos beaux yeux que i'adore
Ie m'y suis venu rendre encore
Comme au seul bien que ie pretens.
Pour vous dire le mal extreme
Que i'ay souffert en ce seiour,
Sçachant bien qu'il n'est en Amour
Si bon messager que soy mesme.
Mais pourtant Phillis, ie m'estonne
Du changement de vostre esprit,
Vous ne me l'auez point escrit,
Vous me l'auez dit en personne.
Que ie n'estois plus vostre Amant:
I'en suis fol de melancholie:
Cela fait bien voir clairement
Que vous aymer extrémement,
N'est rien qu'vne extreme folie.

LE BALLET DES IMPROVISTES

Dansé par le Roy en la Salle du Louure le 12. Feurier de l'année 1636.

A PARIS,
Chez ROBERT SARA, ruë de la Harpe, au Bras d'Hercule.

M. DC. XXXVI.

LE BALLET DES IMPROVISTES.

IL est impossible de trouuer action quelconque au monde, pour gracieuse & belle qu'elle soit, qui à la longue ne blesse ou lasse les sens qu'elle a accoustumé de flatter; & les choses mesmes les plus reglées se rendent ennuyeuses & insupportables, si elles ne sont meslées auec quelque chose qui tienne beaucoup plus de l'improuiste, que du premedité.

Le ROY voulant se recréer apres tant de beaux sujets de Ballet que sa Majesté a dansez les années passées, dont l'ordre & les inuentions ont laissé ceux qui les ont veu representer pleins d'admiration jusqu'à ce temps, il a resolu d'en danser vn à l'Improuiste, dont la diuersité des Airs, des pas, des gestes, & des habits, fera confesser que la varieté merite absolument la qualité d'vne des plus agreables choses de la nature, & que l'on en peut faire de fort belles auec peu de peine, & sans longue estude.

L'ouuerture du BALLET se fait par le Recit suiuant,

RECIT DE L'IMPROVISTE.

O Beautez dont sur nous le pouuoir est extresme,
Si ie viens en ce lieu pour charmer vos ennuis,
Vous taschez vainement d'aprendre qui ie suis,
Car ie ne le sçay pas moy-mesme.

Je voudrois bien vanter les attrais adorables
Dont vos yeux tant de fois ont surmonté nos sens,
Mais bien que de ma voix les effects soient puissans,
Ie croy qu'ils n'en sont pas capables.

Je diray seulement, ô Beautez nompareilles,
Qu'aujourd'huy les plaisirs succedent aux combats,
Et que l'on va bien tost par des airs & des pas
Charmer vos yeux & vos oreilles.

La premiere Entrée est de

Deux Fripiers associez, suiuis de leurs Femmes, qui pour profiter de la commodité du temps, & des Violons, viennent estaller leurs Boutiques qui paroissent toutes pleines d'habits de Ballet, de masques, de coëffures, & autres ornemens necessaires au dessein de ceux qui se rendront à l'Assemblée pour danser: Et apres leur Entrée, feront place à

II. Entrée.

Deux de leurs Vallets, auec leurs fourchettes & balais, qui font paroistre leur habilité à balier la place, & tenir les hardes de leurs maistres en estat de profiter; & apres quelques pas de danſe, s'eſtans chocquez, ſe gourment, & en viennent juſques aux baſtons; mais à la fin s'offrans l'vn à l'autre d'aller boire enſemble, ſ'accordent; Et r'entrent pour faire place à

III. Entrée.

Quatre Volontaires, qui reſolus d'oublier les trauaux de la Guerre, ſ'habillent; & font connoiſtre que ſ'ils ſont capables de ſeruir leur Prince, ils le ſont auſſi de gagner les bonnes graces des Dames par la gayeté de leurs pas & leur adreſſe naturelle; Et ſont ſuiuis de

IIII. Entrée.

Quatre Courtiſans, qui ſ'eſtans rendus à l'Aſſemblée pour y admirer la gentilleſſe des Dames, ſe laiſſent emporter à la viuacité d'vn Air qu'ils entendent, & ſe reſoluent à danſer, ſe font admirer par la diſpoſition dont ils enrichiſſent leurs pas; Et font place à

V. Entrée.

Trois Eſcoliers, qui fatiguez de l'Eſtude, viennent loüer des habits pour danſer, & joüans entr'eux à qui payera, ils ſe piquotent, & acheuans leur Entrée, ils ſ'en vont ſans payer; Et ſont ſuiuis de

VI. Entrée.

Quatre bons Bourgeois, qui ayans appris au Bureau d'Adreſſe le lieu de l'Aſſemblée, y viennent reſolus de maſquer, & ayans trouué quatre habits pareils, ils teſmoignent par leurs geſtes la joye qu'ils ont de ſe voir ſi braues, & ayans danſé leur Entrée ſe retirent; Et ſortent

VII. Entrée.

Deux Seruantes, qui reuenans de la Foire où elles ont gaigné quelques bijoux, font paroiſtre par leurs demarches la joye qu'elles en ont ; & appliquans leurs pas à la cadance des Violons, danſent juſqu'à tant qu'elles n'en peuuent plus ; Et ſont ſuiuies de

VIII. Entrée.

Trois Violons, qui aduertis de ce grand Concert, s'y rendent auec leurs Inſtrumens pour les contrecarrer, mais ils ſont contraints à la fin de ne ſe iuger capables que de repeter les dernieres notes de leurs Airs, faiſans vne eſpece d'Echo fort agreable ; Et apres auoir danſé quittent la place à

IX. Entrée.

Deux Payſans & deux Payſannes, qui apres auoir vendu les denrées qu'elles ont portées de chez eux au marché, ſe maſquent, & font voir par la gentilleſſe de leurs pas, que la Campagne n'eſt pas priuée de toutes les graces qui rendēt les Villes & les Cours admirables ; & apres auoir danſé, ſe retirent, faiſans place au ſecond Recit.

SECOND RECIT.

FOrcez maintenant vos priſons,
Bel Aſtre, doux Roy des Saiſons,
Pour iouïr cõme nous des douceurs dont abonde
La Cour la plus belle du Monde.

Mais non, arrestez seulement
Au sein de l'humide Element,
Vous seriez sans clarté pres de ceux dont abonde,
La Cour la plus belle du monde.

X. Entrée.

Celuy qui donne l'Assemblée, & sa femme, ne voulans pas que la feste se passe sans prendre leur part du plaisir, enuoyent leur Valet & Seruante pour renger les sieges, & voir si la place est capable de receuoir les Masques qui se presenteront, & tout estant en bon estat, ils en vont aduertir leurs Maistre & Maistresse, qui sortent auec leurs habits troussez. Ce que voyans les Valets, ils courent les destrousser, & nettoyer leurs habits; Et se retirent, laissans danser

XI. Entrée.

Leur Maistre & leur Maistresse, qui pour faire paroistre la ioye qu'ils ont de receuoir vne si belle Masquarade, se sont resolus d'en monstrer le chemin aux autres; Et ayans dansé auec beaucoup de grace leurs pas, se retirent pour faire place à

XII. Entrée.

Trois jeunes Vefues, dont la grace & la modestie paroissent dans la grauité de leurs pas, & dans la couleur de leurs habits; elles dansent serieusement iusqu'à tant qu'elles voyent sortir trois hommes auec leurs robbes; Et s'estans assises, elles prennent plaisir à voir danser

XIII. Entrée.

Trois Procureurs, qui apres s'estre réjoüis quelque temps, aperçoiuent ces trois Dames, & ne pouuans resister aux charmes de leurs doux regards, ils s'en vont leur faire offre de seruice; elles voulans prendre du plaisir de ces trois bons Amants, font semblant d'agréer leurs offres; ce qui les oblige à ietter leurs robbes pour se monstrer plus aimables; & ayans conuié les Dames à en faire autant, elles quittent leurs habits noirs; & en ayans vestus d'autres fort grotesques, dansent auec eux, mais enfin, craignans d'estre reconnuës, elles s'en retournent par vn costé; Et ces pauures Amoureux par vn autre, pour faire place à

XIIII. Entrée.

Deux Gentils-hommes Polonois curieux de voir vne si belle assemblée, s'y viennent rendre sur leurs cheuaux, mais s'apperceuans à la fin qu'ils auoient fait vne faute, ne sçachans pas la coustume, ils laissent leurs cheuaux, & dansent à la mode de leurs pays; Et sont suiuis de

XV. Entrée.

Quatre Braues superbement vestus, l'Espée au costé, & la Cape sur le dos, qui apres quelques gestes de brauerie quittent leurs manteaux, & se resoluent à faire aduoüer que leur adresse peut passer pour admirable; Et ayans acheué leur Entrée, quittent la place à

XVI. Entrée.

Deux Caualiers mi-partis, qui ayans rencontré deux habits pareils, dont la moitié estoit à l'Espagnolle, & l'autre à la plet eſt vne Sarabande; ils ſe reſoluent à mi-partir leurs danſes comme les habits, & ayans attaché leurs Caſtagnettes ils danſent au commencement de l'Air vn pas de Ballet à la Françoiſe, mais ſur la Sarabande quantité de pas differens à l'Eſpagnolle accompagnez de Caſtagnettes; Et apres auoir fait leur poſſible, ſe retirent pour faire place à

XVII. Entrée.

Trois Tard-arriuez, qui ſans doute, faute d'auis, n'ont pas eſté des premiers à la Feſte, mais ils ne laiſſent pas d'attirer ſur eux les yeux de l'aſſiſtance, & de la laiſſer extremement ſatisfaite de leur grace & de leur adreſſe.

XVIII. Entrée.

Deux Bearnois font paroiſtre par leurs pas la grande legereté & adreſſe que leur pays natal ſemble leur donner en heritage; Et quittent la place à

XIX. Entrée.

Deux Ambigus qui ne ſçachans pas eux-meſmes quelle vacation ils doiuent choiſir, danſent tantoſt en gens d'Eſpée, & tantoſt en gens de Lettres; leur irreſolution eſt extrémement plaiſante, & leurs pas ſont ſi bien reglez qu'en cette Entrée on y trouuera & dequoy rire, & dequoy admirer; Et apres eux viennent

XX. Entrée.

Trois beaux Danſeurs, dont la grace & l'adreſſe font aduoüer qu'ils en meritent parfaitement le nom; Et apres auoir tenu long temps en ſuſpens les Eſprits des aſſiſtans, ils ſont releuez de ceſte peine par

XXI. Entrée.

Vn Raffiné qui fera aduoüer que la gentilleſſe de ſes pas, le port de ſon corps, & ſa grace, meritent de faire eſtimer ſon Entrée pour vne des meilleures ; Et apres auoir danſé quelque temps, ſe retire pour faire place à

XXII. Entrée.

Deux Semblables, qui font voir que la iuſteſſe & la cadence, ſont les deux choſes les plus eſtimables en la danſe : Et apres s'eſtre dignement acquitez de leur deuoir

XXIII. Entrée.

Vn joüeur de Gobelets qui ſort auec ſa Table & ſes Gobelets ; Et apres quelques tours de paſſe-paſſe, il fait trouuer ſous ſes Gobelets ſix Enfans qui danſent vne Entrée auec luy ; Et fait place à

XXIV. Entrée.

Le Marais.

XXV. Entrée.

Vn porteur de May, qui apres l'auoir planté dans la Salle, danſe ſon Entrée ; Et apres luy

XXVI. Entrée.

Quatre Bergers & quatre Bergeres de la Feſte-à-Gouuieux, viennent renouueller en ce lieu leur rejoüyſſance ; Et apres auoir danſé vn petit Ballet tout remply de beaux pas, de belles figures, & geſtes admirables, quittent la place pour le dernier Concert qui ſeruira pour donner loiſir à ſa MAJESTÉ, à MONSIEVR, aux Princes & Seigneurs, de ſe

Recit pour tout le Corps de la Muſique.

REYNE qui brillez par des vertus,
Sous qui les vices ſont tous abbatus;
Les Dieux auſsi bien que les Mortels,
Vous doiuent des vœux & des Autels.

Le ſon de nos Luths & de nos vois
Icy deuance le plus grand des Rois;
Vous eſtes l'object de ſes deſirs,
Soyez le teſmoin de ſes plaiſirs.

VERS DV BALLET des Pantagrueliſtes.

PANVRGE AVX DAMES.

IE voudrois bien mes belles Dames
Pour moderer vn peu les flâmes,
Que ie reſſens dedans le cœur,
Rencontrer quelque fille honneſte
Qui ne me traittaſt point de ce nom de vainqueur,
Afin de me poſer vn rameau ſur la teſte.

On tient, & ne vous en deſplaiſe,
Que la ſubtile & la niaiſe
Sont ſuiettes à caution,
C'eſt ce qui fait que i'apprehende,
Puis que le plus ſouuent en pareille action,
Le battu, comme on dit, paye encore l'amende.

Ie vay pour vn ſi grand myſtere
Conſulter la brigade chere
De mes plus intimes amis,
Et deux venerables Sybiles,
Qui charitablement m'ont auiourd'huy promis,
Pour eſuiter ce mal des moyens tres-vtiles.

L'aduis de Pantagruel à Panurge ſur la conſultation de ſon Mariage.

SI tu veux viure ſans diffame,
Auſsi bien comme ſans pareil,
Prefere à l'amour d'vne femme
L'vtilité de mon conſeil,
Qui croit bien choiſir prend le pire,
Panurge mon bedon, c'eſt tout ce que peut dire,
Sur ce fait important le bon Pantagruel,
Qui tient le mariage vn party caſuel.

Rondibilis à Panurge, ſur le meſme ſujet.

SI tu te veux mettre à la danſe,
Du nombre infiny des cocus,
Eſpouſe vne beauté qui gaigne force eſcus,
Et tes cornes ſeront des cornes d'abondance.

Hertripa à Panurge, ſur le meſme ſujet.

Panurge gare l'Hymenee,
Au liure de ta deſtinee,
I'ay leu que tu ſeras cocu,
Pour eſuiter ceſte infortune,
Vit comme ton pere à veſcu,
Et laiſſe au grand Seigneur porter la demy-Lune.

Triboulet à Panurge, ſur le meſme ſujet.

Plus penſif, plus triſte, & plus morne,
Que ceux que prend le vertigo,
Au lieu d'entrer dedans Virgo,
Tu creins d'entrer au Capricorne,
Panurge en ce marché trompeur,
Chacun doute & veſſe de peur,
Change donc de deſſein & ſi tu me veux croire,
Garde ta liberté, & ton argent pour boire.

Les Sybiles de Panzou, ſur le meſme ſujet.

NOs Oracles ſont infaillibles,
Car nous prediſons l'aduenir,
Panurge il n'y a que tenir,
Tes cornes ſont toutes viſibles,
Et quoy que tu faces en fin
Il faut ceder à ton deſtin.

Panurge.

PVis qu'il faut que ma ſeigneurie
Soit de la grande Confrairie,
Pour le moins, I'ay ce reconfort,
D'auoir autant preſté que l'on me ſçauroit rendre,
Arriue qui pourra ie n'yray pas me pendre:
Car pour porter mon bois i'ay le front aſſez fort.

FIN.

RECIT DE CVPIDON:
POVR LE BALLET DES POSTVRES.

SI le Maistre des Dieux
Pour des beautez mortelles
A vestu cent formes nouuelles
Habandonnant les Cieux?
Comme il auoit fait lors qu'il tenoit embrassée
La Mere de Persee:

Si i'ay fait de mes darts
Vne playe profonde
Au sein du Monarque de l'Onde
Dans ses moites remparts?
Car il n'a pas souffert vne peine petite
Pour la belle Amphitrite:

Si i'ay receu les vœux
Du noir Prince des Ames,
Qui sentit l'ardeur de mes flames
Au milieu de ses feux,
Quand le traict eslancé des yeux de Proserpine
Eust atteint sa Poitrine:

S'estonne-on de voir
Que par mainte posture
Des vieillards contre leur nature
Tesmoignent mon pouuoir
Qui, fondant leurs glaçons, fait brusler leur vieillesse
Des feux de la ieunesse.

AVX DAMES.

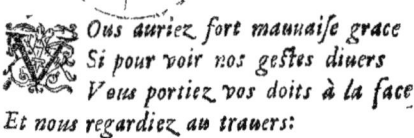

VOus auriez fort mauuaise grace
Si pour voir nos gestes diuers
Vous portiez vos doits à la face
Et nous regardiez au trauers:

Non, Belles, voyez tous nos pas,
Bien que leur façon soit nouuelle
Pourtant ils ne redoutent pas
La censure la plus cruelle:

Parmy nos plaisantes figures
Nous n'auons rien de vicieux,
Nous nous mettons en cent postures
Sans offenser les chastes yeux:

Tantost l'vn de nous est en hault,
Apres celuy cy le terrasse,
Et puis luy fait le mesme sault
A cause d'vn tiers qui le chasse:

C'est vne roüe de Fortune
Ou souuent les premiers montez,
Par vne disgrace importune
Se trouuent en fin culbutez:

Vous pouuez iuger aisément
Par ces moindres metamorphoses
Que pour vostre contentement
Nous ferions de plus grandes choses.

LES RESCHAVFFEZ.

CE Dieu porte-brandon, ce Dieu par qui nous ſommes
Banniſſant loing de nous le froid, & les glaçons,
Faict veoir en vn inſtant ce qu'il peut ſur les hommes,
Eſchauffant les plus froids en cent mille façons.

Maintenant que par tout ſa chaleur ſe dillatte
Sur les plus eſchauffez Nous gagnerons le pris.
Puis que ceux que l'on void en face d'eſcarlatte
Sont plus aduantageux au combat de Cypris.

Autresfois mais helas ! ce ſouuenir nous bleſſe,
Si le froid nous cauſoit à tous des tremblements;
Maintenant que l'ardeur du Cuiſſe-Né nous preſſe,
De combien plus ſubtils, ſeroyent nos mouuements.

Des froideurs deſormais ne craignons la ſurpriſe,
Nos cœurs ſont à ce Dieu en hommage voüez;
Il permet aux plus froids le trauail en chemiſe;
,, Les cœurs offerts ez Dieux ſont touſiours aduoüez.

LES PORTE-FLAMBEAVX
du Poile d'Amour.

AVX DAMES.

QVi peut euiter vos brandons,
Vos flammes, vos feux, vos œillades?
Ce ſont autant de Cupidons
Qui rendent nos ames malades.

Si l'Amour emprumpte ſes dards
De vos yeux comme ſes eſtoiles,
Fauoriſez de doux regards

LE POILE D'AMOVR.

LES MY-GELEZ.

EN vain tout le secours attendu des fourrures,
Pour s'opposer au froid qui domine par tout.
En vain nos corps contraincts par des grandes froidures
Sont couuerts, despuis l'vn iusques à l'autre bout.

En vain d'vn feu ardant Nous courtisons la flame,
Nous ne ressentons point l'effect de ses chaleurs.
Cest element pour nous est mort, ou n'a point d'ame
Que pour donner la vie à nos froides douleurs.

Nous N'auons rien sur nous que ce mal-heur n'oppr esse,
Nos membres retirez ne sont plus qu'à demy,
Et de leurs functions la naturelle cesse;
Car le meilleur, du corps n'est comme plus amy.

Nous tremblons my-gelez, & la langue muette
Laisse parler nos dents du froid qui nous espoinct:
Escoutez seulement, si chacune craquette
Elles le diront mieux, qu'elle ne diroit poinct.

L'AMOVR AVX DAMES.

AV milieu de tant de beautez,
Qui paroissent comme clartez
Du froid ie dissipe les voiles,
Pour faire veoir
Que vos beautez ce sont les Poiles
De ce pouuoir.

Les plus froids sentent la chaleur
Et prés de vous prenent couleur,
Car pour peu que l'on s'en approche.
Dedans les cœurs
D'vn brasier ardant ie descoche.
Les traicts vainqueurs.

Rien ne s'oppose à mes proiects,
Des plus haults i'en fais mes subiects
Et mon feu en sa violance
Est si puissant,
Que plus on faict de resistance
Plus on le sent.

Iugez par l'effect de mes feux
Cachez au dedans de vos yeux,
Que ie suis la chaleur des ames,
Comme des corps,
Bruslant au dedans de mes flames,
Et au debors.

BALET DES PRINCES INDIENS

DANSE A L'ARRIVEE DE SON A. R.

A BRUXELLES,
Chez FRANÇOIS VIVIEN, au bon Pasteur, derrier l'Hostel de la Ville, 1634.

A SON
ALTESSE
ROYALE

MONSEIGNEVR,

Apres tant de cris de joye & d'aclamations d'allegresse dont la voix publique a celebre l'heureuse arriuée de V. A. R. en ces Pays, tous les Principaux Caualiers ont voulu joindre au premier homage de seruitude dont ils se sont desia acquittez enuers elle, cete particuliere action de rejouissance pour luy faire voir qu'*ils* ne ſont animez, que du ſeul deſir de luy plaire. Cet vne partie de Balet qu'ilsont concertée a la hate & executée de meſme, ne pouuant moderer la paſſion qui les tranſporte pour le contentement de V. A. R. auſsi bien que pour ſon ſeruice. Ils ne vous offrent point de couronnes, par ce qu'ils ſçauent bien que la Nature vous à donné ſes plus riches, la Vertu ſes plus belles, & que la Renommée meſme qui diſtribue aux hommes tout l'honeur ou ils apirent, eſt aujourdhuy contrainte de demeurer a vos pieds, ou de chercher vn autre monde pour le remplir du bruit de voſtre Nom ſi glorieux, & ſi triumphant. En effect Monſeigneur quand on conſidere que voſtre Valeur & voſtre Prudence vous ont fait vn chemin tout de Palmes & tout de Lauriers, pour conduire par la main V. A.R. ſur le troſne de ſes Anceſtres, on peut doubter auec raiſon ſi la grandeur de ſa Naiſſance egalle la grandeur de ſon merite. De ſorte qu'on a beau parer les Rues & les places des Villes de Statues & d'arcs de Triomphe pour repreſenter vos victoires: Cét vn deſſain dout le zeſle excuſe l'audace & ou lart meſme ſe

trouuant

trouuant voincu, fait voir dans ses deffautz que V. A. R. a des perfections qui ne se peuvent exprimer & beaucoup moins encore depeindre. Et ce sont ces veritez Monseigneur qui ont obligé tous ces grands Cauali- d'honnorer de nouueau V. A. R. par des signes muetz de rejouissance, voyant que les paroles effectz leur manquent toute a la fois, pour s'en acquitter plus dignement d'vne autre sorte. De moy ie suis extremement aize d'auoir rencontré vne si belle occasion en metant la main a la plume de publier par tout que ie suis.

Monseigneur

De V. A. R.

Treshumble & tresobeissant Seruiteur
P. DE LA SERRE.

LES BRVITS ENFANS
DE LA RENOMEE
A Son A. R.

STANCES

PRince de tout point accomply
Soit pour la paix ſoit pour la Guerre
Le bruit de voſtre Nom ayant deſia remply
Tous les coings de la terre
Nous qui faiſons vn tour plus grand que le Soleil
N'auons dans l'vniuers rien treuué de pareil.

Ses Lauriers naiſſent ſoubz vos pas
La Victoire eſt de voſtre ſuite
Nul de vos ennemis n'eſchape du treſpas
Si ce n'et par la fuite
Nous qui faiſons vn tour plus grand que le Soleil
N'auons dans l'vniuers rien trouue de pareil.

Plus Prophetes que Muſiciens
Nous prometons ſoubz vn tel Prince
De la part du Deſtin l'abondance des biens
A toute la Prouince
Confeſſant hautement que deſſoubs le Soleil
On ne ſcauroit jamais, rien trouuer de pareil.

SVIET
DV
BALET

PREMIERE ENTREE

MONSIEVR le Comte de Moucron fait la premiere entrée ſoubz l'habit de la Renomée laquelle au Bruit des Victoires & des Thiomphes de S. A. R. & des perfections des Dames de ſa Court, vient rendre hommage & à l'vn & aux autres ſoutenant que les Echos des ſolitudes les plus eſcartées ne parlent jamais d'autre langage que celuy de leurs louanges.

SECONDE ENTREE DE LA MVSIQVE.

ELle paroit veſtue d'vne Robe plicée en tuyaus d'orgue, & toute couuerte de Notes de Muſique portant pendus a ſa Seinture ſix diuers Inſtrumens, & danſant au ſon d'vne epinete d'Alemaigne quelle tient ſoubz le bras & qui ſonne toute ſeule.

TROISIESME ENTREE DES SIX TONS

CEs ſix Enſans de la Muſique veſtus de meſme en hommes, pareſſent en ſuite & abordant leur Mere prenent chacun vn de ſes Inſtrumens quelle porte, & en jouent tous enſemble chantant ces vers a la louange des Dames.

PRE-

PREMIER RECIT.

OBjectz qui estez sans pereils
Beautez ou toute grace abonde
Vous faictes dãs ce Balvoir des plus beaux Soleils
Que n'et celuy du monde
Nous qui sommes les Sons
Venons le publier icy par nos Chansons.

Les Mirthes n'aissent soubz vos pas
Et les courages les plus braues
Ne sçauroient suporter l'effort de vos apas
Sans deuenir esclaues
Nous qui sommes les Sons
Venons le publier icy dans nos Chansons.

Beaux yeux nos vniques Vainqueurs
Dont les regardz font des Merueilles
Que nous serõs heureux si nous touchõs vos Cœurs
En frapant vos oreilles
Nous qui sommes les Sons
Venons le publier icy par nos Chansons.

Mes Dames prenez garde que ces Sirenes deguisées ne charment vostre Prudence en rauissant vostre liberté : Car quoy que ces Tons soient differens, ils s'accordent tousiours ensemble pour vous faire la guerre. Et il me semble qu'il est mal aizé de leur resister, puis que vos oreiles desia captiues, sont du complet d'enchesner vos Cœurs.

LE MONT DE PIETE.

PREMIERE ENTREE

DANCEE

PAR MESSIEVRS.

Le Conte de Bossu *Gentilhommes*
Le Conte de Moucron
Le Conte d'Ostrat *Valetz de Chambre.*
Et le S.r de Gordon.

SE-

SECONDE ENTREE DANCEE PAR MESSIEVRS.

Le Conte de Baſsigny	*Peintre*
Le Baron de Vangles	*Mathelot*
Le Conte de Foucamberge	*Clerc*
Et le Duc Dolano	*Arracheur de denz.*

TROISIESME ENTREE DANCEE PAR MESSIEVRS,

Le Conte de Beaumont Marquis de la Vieuille	*Damoiſelles*
Le Prince de Ligny Le Prince de Cimé	*Chaperonnes.*
Et Marquis de Veſtrelo	*Hollandoiſe.*

Ne nous faites point cet affront
Apres ce penible voyage
De ne nous Bailler pas ſur gaige
Tout ce qui eſt dans voſtre mont
Vous auez trop de jugement
Pour ne voir pas a nos viſages
Que nous ſommes tous faits en payeurs d'arrerages
Qui vous fairons bon payement.

Mes Dames ſi vous faiſiez vn nouueau Mont de voz bonnes graces ; Il eſt croyable que tous les Princes de la terre y porteroient leur Cœurs en gaige; Que ſi quelqu'vn le retiroit aprez auoir payé l'hintereſt des ſoupirs & des ſoings qui ſont affectez a l'honneur de vous ſeruir, vous en ſeriez a la fin plus riches, car cet gaigner beaucoup de perdre vn infidele

LES

LES AMANS VOLAGES

PREMIER ENTREE

DANCEE

SOVBS DES HABIST

TOVS COVVERTS DE MIROIRS.

PAR MESSIEVRS.

LE Conte de Boſſu
Le Conte de Moucron
Conte d'Oſtrat
Baron de Vangle
Et le Sr. de Gordon.

AVX DAMES.

Doux ſujetz de nos deſeſpoirs
Beaux yeux infidelles miroirs
Nous portons des glaces ſi netes
Que leurs raportz ſont aßurez
Regardez y ce que vous eſtez
Pour craindre ce que vous ſerez

SECONDE ENTREE DANCEE SOVBS DES HABITS DE PLVME.

PAR MESSIEVRS.

LE Duc Dolano
Le Conte de Baßigny
Le Prince de Cimé
Marquis de la Vieuille
Et son Gentilhomme.

AVX DAMES.

Objesz sans nombre & sans pareils
Beautez de qui l'esclat nous blesse & nous alum
Ce n'et pas pour voler aupres de vos Soleils
Que nous portons vn corps de plume
Scachez que nous ne l'auons pris
Que pour imiter vos esprits.

TRO

TROISIESME ENTREE DANCEE

SOVBS DES HABIST DE TAFETAS *DE LACHINE COVVERTS* DE GIROVETES ET COIFFEZ D'VN MOVLIN A VENT.

PAR MESSIEVRS.

Le Marquis de Veſtrelo.
Conte de Megue.
Conte de Beaumont.
Et le Gentilhomme de Monſieur le Viconte de Gan.

AVX DAMES.

Soleils qui ſemblables au foudre
Reduiſez tous les cœurs en poudre
Et puis les r'animez d'vn apas deceuant
Vrayment vos graces ſont parfaites
Mais toutes vos faueurs ne ſont que Girouetes
Et vos promeſſes rien que vent.

Mes

Mes Dames ne vous estonnez pas si ces amans sont vestus de Plume, puis que cet la liurée de vostre humeur, & moins encore de Glace, puis que vous en auez le Cœur comme ils en portent l'habit. Pour les moulins a vent dont ils parent leurs testes, ils portent la peinne de leur legereté : car ces Moulins, ne se m'euuent qu'au vent de leurs soupirs & de leur plaintes. Toutesfois je veux croire qu'a force de Prudence ils cachent la perfection de leur fidelité, soubz le desfaut aparant de leur changement. Et qu'ils ne portent des Miroirs que pour êblouir de leur esclat les yeux jaloux de leurs bonnes fortunes. Les Girouetes & les Moulins a vent dõt ils sont couuertz, sont encore autant de faux temoings, touchant le mespris de l'amour, comme n'estant capables de passion que pour mourir dans la seruitude qu'ils vous ont vouée.

ENTREE
D'VN MOVSCOVITE
ET SECOND RECIT
AVX DAMES.

Moy qui n'aquis en mesme place
Ou le Soleil n'ait chasque jour
A trauers la flame & la glace
Ie viens de faire vn mesme tour
Affin de sçauoir en quels lieux
Est l'vnique objet de mes yeux.

I'ay veu les Eaux ou l'or Eclate
Et le climat ou croit l'encens
I'ay veu les jardins de l'Eufrate
Et le feu secret des Persans
Mais ie n'ay point veu dans ces lieux.
L'obiect vnique de mes yeux.

Enfin apres de longues traces
Ie voy le but de mon desir
Icy Mars joue auec les graces
Tous y sont comblez de plaisir
De sorte que dedans ces lieux
Est l'vnique objet de mes yeux.

LA BLANQVE OV SOVBS DES HABITS DE DIFFERENTES NATION

DANSENT MESSIEVRS.

Le Conte de Boſſu	*Turc.*
Conte de Moucron	*More.*
Conte de Baſsigny	*Scite.*
Conte de Megue	*Topinanbour.*
Duc d'Olano	*More.*
Le S.r de Gordon	*Sauuage.*
Et le Baron de Vangles	*Topinanbour.*

AVX DAMES.

Ce jeu trompeur a des delices
Parce qu'on voit Dans les malices
Le ſort de voſtre amour & de noſtre entretien
Auec vne eſperance vaine
On perd ſon argent & ſa peine
Et quand on penſe prendre, on ne rencontre rien.

Me

Mes Dames ſi vous faiſiez vne Blanque ou vos faueurs ſeruiſſent de Prix, ie veus croire que la fortune auroit beaucoup plus d'eſclaues que l'amour : car tout le monde quitteroit cet aueugle pour ſuiure cete infidelle. Toutes-fois vous fairies plus de malheureux que d'amans, parce qu'eſtant fort auſteres de vos faueurs vous les exposeriez en veue, pour en donner le deſir ſeulement, mais non pas la jouiſſance. De ſorte que ce ſeroit vne blanque continuelle, où l'on perdroit touſiours & ſon temps & ſa peine; ſans autre conſolation que celle qui ſeroit inſeparable de l'honneur de vous ſeruir. Ce qui peut obliger encore toutesfois les plus genereux a tenter les perils qui ſont affectez a vne telle conqueſte ; quoy que le haſard en promete les couronnes, plutoſt que voſtre humeur.

ENTREE ET CONCERT DE QVATRE PAGES VESTVS DE TOILE D'ARGENT IOVANT DV L'HVT.

LES MODES

PREMIERE ENTREE

DANCEE

PAR MESSIEVRS.

Le Prince de Ligny Conte de Foucambergue Conte de Oſtrat	*Paiſans a la vielle mode.*
Duc d'Olano Marquis de la Vieuille Et Baron de Vangles	*Bergers a la nouuelle mode.*

SECONDE ENTREE

DANCEE

PAR MESSIEVRS.

LE Conte de Bassigny
Et le Conte de Megue *Foulx.*

TROISIESME ENTREE

DANCEE

PAR MESSIEVRS.

Le Conte de Bossu (*Damoiselle a la vielle mode.*
Le Cõte de Moucrõ(*Damoiselle a la nouuelle mode*
Marquis de Vestrelo *Huque a la veille mode*
Et le Gentilhomme de Monsieur le Viconte
de Gan. *Huque a la nouuelle mode*
Prince de Cimé *Paisanes a la vielle mode*
Le Conte de Beaumont *A la nouuelle mode.*

AVX DAMES.

Si quelq'vne ayme le present
Ou quelque autre aussy pour le passe soupire
Nous vous pouuons faire vn present
De ce quel vn & l'autre en son ame desire
Car nous portons icy dans vn corps non lassé
La vertu du present & celle du passé.

Mes Dames vous voyez comme la Mode Fille du temps , s'enfuit tousiours & demeure sans cesse. Mais elle a beau se deguiser c'et tousiours elle mesme. Aussi vous auez beau hãger d'habit & de visage:on ne scauroit jamais vous mes cognoitre si peu de soin qu'on prene a vous estudier. Le conseil que je vous donne pourtant;c'et de viure a la mode de vostre humeur,plutost qu'a celle du temps car quoy que l'vn & l'autre changent continuellement, vous serez augmoins constantes a suiure vos plaisirs, qui sont les vrays elemens de la vie.

IN-

INTERMEDE DV IVGEMENT DE PARIS *ET* DES MACHINES.

VN Ciel aparant ſe fait voir apres que les nuages qui le couurent ſe ſont peu a peu diſſipez & le Ciel s'entrouurant, on voit encore decendre lentement vn grād globe eſtoilé, d'ou ſortent les trois Deeſſes accompagnées de Mercure.

ENTREE DES TROIS DEESSES ET DE MERCVRE

DANCEE PAR MESSIEVRS.

LE Conte de Faucambergue	*Iunon*
Le Duc d'Olano.	*Minerue*
Le Marquis de la Vieuille	*Venus*
Et le Conte de Megue.	*Mercure*

ENTREE DE LA DEESSE DISCORDE

DANCEE

Par vn des Gentilhommes de Monsieur le Marquis de la Vieuille.

Cete Deesse couuerte d'vne robe parsemée de flammes portant vn flambeau a la main jete en dansant au milieu des Deesses vne Pomme d'or, ou il y a escrit dessus. *Cet pour la plus belle*, & a mesme temps disparoit. Les Deesses prenēt cete Pomme & la regardēt en dansant tousiours, & a l'instant vne grande Machine joue qui fait voir auec autant d'admiration, que d'estonnement, vn Bois & vn Rocher sur lequel le S^r. de Gordon vestu en Berger, qui represente Paris, est assis jouant de la Musete en gardant ses tropeaux.

Il est choisy pour juge du consentement des Dessees, & apres les auoir considerées en dansant ensemble, pressé d'vn sentiment particulier de raison & de justice, il donne la Pōme a Madame la Princesse de Faltzbourg non seulement comme a la plus belle, mais encore comme a vne des plus verteuses & de plus parfaites de son sexe.

A ELLE MESME

SIXAIN.

On ne pouuoit plus a propos
Pour empeſcher le Ciel de ſe brouiller de guerre
Metant ces Deitez toutes trois en repos
Que de chercher deſſus la terre
Cete rare Beauté qui merite le pris
Diſputé par Iunon, par Pallas, & Cipris.

Mes Dames ie vous croy trop raiſonables pour enuier l'honneur de ceſte conqueſte a vne telle Princeſſe, dont le merite ſurpaſſe de beaucoup la condition , quoy qu'elle ſoit vne de plus grandes de la terre. Tout le monde ſcait qu'elle a des qualités qui la rendent meſme ſans pareille parmy ſes ſemblables. Ce qui vous doibt ſeruir de ſujet de conſolation, puis que la voix publique luy donne juſtement toutes les louanges que la Flaterie pourroit inuenter pour vne autre.

EN-

ENTREE
D'ORPHEE
TROISIESME RECIT
AVX DAMES.

Ie ſuis celuy dont les chanſons
Ont jadis tant fait de merueilles
Que les plus durs Rochers pour entẽdre mes ſons
Se ſont faitz tous oreilles
Mais ayant apris que vos yeux
Auoient bien de plus puiſſans charmes
Ie me ſuis reſolu de venir en ces lieux
Pour vous rendre les armes.

Ie ſuis allé dans les Enfers
Ranimer Euridice morte
Vne ſeule chanſon m'en a rompu les fers
Et ma ouuert la porte
Mais ayant apris que vos yeux
Auoient bien de plus puiſſans charmes
Ie me ſuis reſolu de venir en ces lieux
Pour vous rendre les armes.

Iay veu les plantes & les Bois
Sans faire aucune reſiſtence
Entendant les accens qui ſortent de ma voix
Danſer a la Cadence.
Mais ayant apris que vos yeux
Auoient bien de plus puiſſans charmes
Ie me ſuis reſolu de venir en ces lieux
Pour vous rendre les armes.

Que nous ſommes heureux, mes Dames, d'auoir peu obliger Orphée de vous faire ouir ſes chanſons : car comme ſa voix ſcait lart d'amolir les rochers, nous eſperons que vos cœurs de roche deuiendront pitoyables; que ſi voſtre humeur trop auſtere trahit nos eſperances. Ce nous eſt touſiours quelque ſorte de conſolation d'attandre vn bien de cete importance, quoy qu'a la fin il n'arriue pas.

LE GRAND BALET DE PARADE DANCE PAR LES MESMES SEIGNEVRS.

LES PRINCES INDIENS NEPVEVX DV SOLEIL.

AVX DAMES.

ISSVS de ces ſuperbes Roys
Qui ont eu le Soleil pour Pere
Et de qui les prudentes loix
Gouuernent tout noſtre hemiſphere
Nous venons icy dans ces lieux
Pour recognoitre dans vos yeux
Les vrays parens de noſtre Anceſtre
Ou pour mieux dire ſes pareils
Car ayant tous eu vn meſme eſtre
Ils portent comme luy le beau nom de Soleils.

Mes

Mes Dames ces Princes Indiens tous nepueux du Soleil renoncent a l'aliance de c'et Aſtre, de puis l'heurèux moment qu'il ont admiré vos beaux yeux. Ils preferēt la qualité de vos eſclaues a celle de parens de ce grād Dieu & ayment mieux vous obeir que commander a toute la terre. D'ou vient qu'il ont deſia oublié juſques au lieu de leur naiſſance, & ne ſe ſouuienent plus que du veu qu'il ont fait de viure & de mourir vos treshumbles treſobeiſſans & tres-fidelles Seruiteurs & Sujets.

BALLET DES PROVERBES.

DANCÉE

PAR SON ALTESSE MONSIEVR LE PRINCE DE VAVDEMONT.

Le huictiéme Feburier 1665.

A NANCY,

Par ANTHOINE, CLAVDE, Et CHARLES les Charlots Imprimeurs ordinaire demeurans deuant la Primatiale,

M. DC. LXV.

ARGVMENT.

ON feint que les Peres implorent l'assistance de Minerue, pour régler les mœurs de leurs filz, & que cette Déesse venant elle-mesme auec les vertus de sa suitte, pour instruire ces ieunes gens, elle leur laisse pour preceptes quelques memoirs contenans les Prouerbes auec leur moralité, eux u lieu d'en profiter, resoluent de la tourner en ridicule, ont vn Ballet de ses Prouerbes, sur la fin duquel ils font arétre vne autre Minerue burlesque suiuie des quatres ertus aussi burlesquement, auec lesquelles ils viennent olastrer.

Le Theatre est enuironné de grandes Arcades reuétuës e Marbre representant des anciens Portiques auec pluieurs Emblemes & inscriptions de Prouerbes: L'ouuerture e faict par vne merueilleuse harmonie à l'honneur de Minerue suiuye d'vn Concert d'Instrument.

INVOCATION A MINERVE,

CHANTE' PAR MADMOISELLE RAISIN REPRESENTANT LA RAISON.

Fille de Iupiter ſage Diuinite,
Sans qui ie n'ay iamais que de foibles lumieres
Vous aues de belle matieres,
D'exercer voſtre charite :
Vn fort grand libertinage,
Eſt parmy les ieunes gens,
Ils ſout badins, mal faiſans,
Et me font ſans ceſſe outrage,
Ha ! ſi vous ne venés auecque vos vertus,
Ils ſeront tous perdus.

Vous ſcaués que ie dois auoir mon logement,
Au lieu plus ſpacieux du ſommet de leur teſtes,
Je ne ſcay comme ils les ont faites
I'en ay le moindre apartement :
Encor tous les iours cent choſes,
M'y viennent embaraſſer,
Il ne faut pour m'en chaſſer,
Qu'vn tein de Lys & de Roſes,
Ha ! ſi vous venés auecque vos vertus,
Ils ſeront tous perdus.

PREMIERE ENTREE.

MINERVE ET LES QVATRE VERTVS MORALLES

MADAME LA PRINCESSE.
MADMOISELLE DE BAVVAV.
MADAME DE PERMILLAC.
MADMOISELLE L'ABE'.
MADMOISELLE ROLIN.

POVR MADAME LA PRINCESSE REPRESNTANT MINERVE.

ELle veut être la Déesse,
Qui represente la sagesse;
Et son esprit a pris ce tour,
Mais ce n'est pas que son visage,
N'étale aux yeux tout l'auantage,
De celle qui produit l'amour.

POVR MADMOISELLE DE BAVVAV REPRESENTANT LA TEMPERANCE.

ELle faict mal ce personnage,
Son air, sa taille & son visage,
Et tous les charmes de son age,
Feroient naitre vne passion,
Plutost que d'en causer la moderation.

POVR MADAME DE PERMILLAC, REPRESENTANT LA FORCE.

La force est dans ses yeux, quand ils percent les Cœurs
Plusieurs ont ressentis les coups de ces Vainqueurs:
Mal'heureux qui la frequente,
Car elle a l'air inhumain,
Et quand elle se dégante,
Elle a la force a la main.

POVR MADMOISELLE L'ABBE' REPRESENTANT LA IVSTICE.

ELoignons nous d'icy pour nostre sureté,
Cette belle Iustice,
Toute douce qu'elle est nous condamne au suplice,
Et ses moindres arrests sont de captiuité.

POVR MADMOISELLE ROLIN REPLESENTANT LA PRVDENCE.

IE gage qu'elle est grasse & blanche,
On le voit au bout de sa manche,
Ses mains & ses bras en font foy,
La vertu quelle represente,
Me fait taire vn ie scay bien quoy,
Qui la rant encor plus charmante.

Minerue faisant la derniere figure de son entrée donne a quatre ieunes Hommes qui suruiennent vn Rouleau de Papier contenant leur instruction ils dancent cette figure auec elle, & déz qu'elle se retire ils font la seconde entrée.

DEVSIESME ENTREE.

QVATRE IEVNES HOMMES REPRSENTE'S, PAR

MONSIEVR D'ESCHAMPS
MONSIEVR DE BOVCAVD
LE SIEVR GRENETEAV
ET LE SIEVR HVMBERT.

LES IEVNES HOMMES.

Minerue est vne resueuse
Qui ne sçait ce qu'elle dit
Nous deuons sans contredit,
Penser a la vie heureuse,
Bannissons d'icy l'ennuy,
La veritable sagesse,
Est de tácher auiourd'huy,
De diuertir Son Altesse.

TROISIESME ENTRE'E.

POVR EXPRIMER LE PROVERBE,

PETITE PLVYE ABAT GRAND VENT.

LE SIEVR DE LA ROVSSILIERE REPRESENTANT LE VENT, VNE PETITE PLVYE SVRVIENT, IL GLISSE, tombe, & se retire.

POVR LE SIEVR DE LA ROVSSILIERE REPRESENTANT LE VENT.

I'Emporte les Chapeaux, i'enleue les Peruques,
Et ie gelle les Nuques,
Ou iesbranle, ou i'abas,
Et parmy mes esbas,
Ie leue quelque Iupe:
Mais ie suis pris pour Dupe,
Car tout d'vn coup asses souuent,
Petite pluye abat grand vent.

QVARTRIESME ENTREE.

PRES LA PLVYE VIENT LE BEAV TEMPS.

Pour representer ce Pouerbe la pluye cesse & le oleil parét, auec toute sa lumiere & comme il est ısigne des Iumeaux au plus beau temps de l'Année, nt feint que les Iumeaux pour témoigner la ioye : son arriuée dans leur Maison viennent dancer.

LES IVMEAVX REPRESENTE'S, PAR

MONSIEVR LE MARQVIS DE BAVVAV,
LE SIEVR GRAND-MAISON.

OVR LE MARQVIS DE BAVVAV EN JVMEAV.

VN astre beaucoup plus beau,
Et plus capable de plaire,
Que celuy qui nous éclaire,
t logé chés ce Iumeau:
ly met le beau temps, il y porte la ioye,
Mais ce n'est que pour luy:
ar, helas! pour peu que l'on le voye,
l est le suplice d'autruy.

O

CINQVIESME ENTRE'E.

POVR LE PROVERBE.

TANT VA LA CRVCHE A L'EAV QV'ENFIN ELL[E] SE CASSE.

QVATRE BERGERES CASSANT LEVRS CRVCHES A L[A] Fontaine representées par,

MADMOISELLE DE SENLIS.
MADMOISELLE L'ABBE'
MADMOISELLE BEAVLIEV,
ET MADMOISELLE L'AMBERT

POVR LES BERGERES.

BEautés voyes des mourans,
Et souuent des soupirans,
Dabor vous faites grimaces,
Et puis quelque feu nouueau,
Vient a fondre vostre glace,
Et tant va la Cruche a l'eau,
Qu'a la fin elle se casse.

OVR MADMOISELLE DE SENLIS EN BERGERE

VOyes vous ce reietton
D. Astrée & de Celadon,
l n'est rien de plus aymable,
L'incarnat, le blanc, le blon,
Le delicat, le mignon
Font vn effet admirable,
En cette ieune beauté,
Admirés sa liberté,
Sa dance est iuste & legere:
Ha! si iestois le Berger,
De cette belle Bergere,
Ie scaurois bien m'enager,
L'heure que l'on tient si chere.

SIXIESME ENTREE.

POVR LE PROVERBE, PLVS DE BRVIT QVE DE BESONGNE.

QVATRE FANFARONS SE MENACENT SANS SE batre & sont representés par

MONSIEVR LE PRINCE.
MONSIEVR LE BARON D'OSSONVILLE
MONSIEVR DE LA ROVSSILLIERE,
ET LE SIEVR GRENETEAV.

POVR MONSIEVR LE PRINCE EN FANFARON.

MA foy ce Prouerbe n'est
Receuable qu'en Ballet
Pour ce Prince incomparable
Il est braue autant qu'aymable
Et de l'air qu'il se conduit,
Soit en Amour soit en Guerre
On luy voira tousiours faire,
Plus d'ouurage que de bruit.

SEPTIESME ENTRE'E.

QVI VA PIAN VA SAN ET LONTAN.

DEVX ESPAGNOLS REPRESENTE'S PAR

MONSIEVR LE MARQVIS DE CHAMBLEY
ET MONSIEVR DE MAVFAN

POVR LES ESPAGNOLS,

AVX DAMES,

ON dira tout ce qu'on voudra
Malgré ce beau prouerbe la
S'il y va de voſtre ſeruice ,
Nous ſerons proms a l'exercice ;
Nous ferons diligemment ;
Pour voſtre contentement ,
Tout ce que nous pourons faire ,
Et c'eſt ridiculite,
De faire auec grauité,
Cette affaire.

HVICTISEME ENTRE'E.

PETIT MERCIE PETIT PANIERS

DEVX AMOVRS PORTANS DES PETITS PANIERS remplis de Cœurs, representés par

LE PETIT GRENETEAV,
ET LE PETIT GRAND-PERE.

POVR LES AMOVRS.

QVi veut des cœurs, qui veut des cœurs,
Venés belles aux yeux vainqueurs,
Venés Filis, venés d'Elise
Si le gain nous eut attaché
Nous ne vous eussions pas cherché
Pour vendre cette marchandise,
Vous en aués trop bon marché,

NEVFVIESME ENTRE'E.

AVEC LE TEMPS NOVS AVRONS DE L'AGE,

DEVX PAGES DANSANS AVEC SATVRNE PARESSENT a leur derniere figure auoir des Barbes blanches, les Pages representés par les Sieurs.

GARAFFE.
ET TA ROCQVE.

SATVRNE DIEV DV TEMPS REPRESENTE PAR

MONSIEVR DESCHAMS,

POVR MONSIEVR DESCHAMS REPRESENTANT LE TEMPS

S'Il ayme & s'il perseuere,
Il est fait d'vne maniere,
A pousser vn Cœur a bout,
Mesme en toute autre matiere
Tiens qu'il faut, qu'il espere
Le temps vient a bout de tout.

DIXIESME ENTREE.

IL VAVT MIEVX ESTRE SEVL QVE MA ACCOMPAGNÉ.

POVR MONSIEVR LE PRINCE REPRESENTAN VN SOLITAIRE.

CE ieune Prince a beau faire,
Il ne viendra pas a bout ,
De nous persuader qu'il soit vn Solitaire ,
Les graces & l'Amour l'accompagnent par tout.

VNZIESME ENTRÉE.

POINT D'ARGENT POINT DE SVISSE.

N COMMISSAIRE REFVSE DE L'ARGENT A DEVX Suisse qui le quittent a la derniere figure.

LE COMMISSAIRE.

MONSIEVR TALMY,

LES DEVX SVISSES,

MONSIEVR LE MARQVIS DE CHAMBLE'.
MONSIEVR DE MAVFAN'

Roiroit-on que mille beautés,
Ces visage mignons qui nous ont enchantés
t qui causent tous nos suplices
oint maintenant comme des Suisses:
est pourtant bien vray ne donnés point d'Argent,
ous n'en aurés rien dobligent.

DOVZIESME ENTREE.

ON NE SCAVROIT FAIRE BOIRE VN ASNE S'IL N'A SOIF.

VN MVSNIER ET SON VALET AMENENT VN ASNE à la Fontaine qui refuse de boire, representés par les Sieurs

GRAMPERE le Mvnie,
HVMBERT le Valet,
ET LA ROCQVE L'ANE

POVR L'ASNE.

NOn ie ne boiray pas deussies vous enrager,
Freres assistés moy ? venés moy d'egager,
He quoy l'on m'abandonne, on a cette foiblesse,
On me laisse en soucy
En vain ie brais icy,
Ie n'y suis pourtant pas tout seul de mon espece.

TREIZIESME ENTREE

NE SVIS PAS SI DIABLE QVE IE SVIS NOIR

VN MAVRE REPRESENTE PAR

MONSIEVR DE LA ROVSSILIER.

AVX DAMES.

I vous secondiés mes flames
Ie vous ferois bien-tost voir
ue ie ne suis pas mes Dames,
Diable que ie suis noir.

QVATORZIESME ENTREE.

VN PEDANT ET DEVX ESCOLIERS REPRESENTÉS PA

ANGLEBERT PEDAN.
LE PETIT IEAN.
LE PETIT GRENETAV ESCOLIERS.

POVR LE PROVERBE,

IL FRAPPE COMME VN SOVRD.

AVX DAMES.

Beaux obiets vous feignés de ne pas nous entendre,
Lors que nous proferons nos amoureux discours,
Et sur vn cœur vn peu tendre,
Vous frappés comme des sourds,

QVINZIESME ENTRE'E.

TEL MAISTRE TEL VALET.

DEVX CHARLATANS REPRESENTE'S PAR MONSIEVR LE MARQVIS DE BAVVAV. ET LE SIEVR CARAFFE.

POVR LES CHARLATANS.

IL n'est pas aisé de connestre,
Qu'el est le Maistre ou le Vallet,
Car l'vn & l'autre en Ballet,
Dance en maistre.

SEIZIESME ENTREE.

ON NE LES TROVVE PAS A LA DOVZAIN POVR MADMOISELLE DE SENLIS EN AMAZONE.

Cette ieune gueriere,
Eſt ſans doutte aſſes fiere,
Pour reduire au treſpas
Et lon ne diſconuient pas,
Qu'on auroit bien de la peine
D'en trouuer a la douzaine
Auec de pareils apas.

DIXSEPTIESME ENTRÉE.

APRES LA PANSE VIENT LA DANCE.

QVATRE IVRONGNES REPRESENTÉS PAR

MONSIEVR LE PRINCE,
MONSIEVR DE LA ROVSSILIER,
LE SIEVR GRENETEAV,
ET GRAMMAISON.

OVR MONSIEVR LE PRINCE EN IVRONGNE.

L n'a rien de Bacus c'et admirable Jurongne
Il n'en a point la trougne,
il ne se desguisoit pas,
uelque ieune merueille,
lustost que la Bouteille,
uy feroit faire vn faux pas.

CONCERT D'INSTRVMENTS.

INVOCATION FAICTE A MINERVE PAR VNE Nimphe representant la Ieunesse chanté par

MADMOISELLE GRAMPERE REPRESENTANT LA IEVNESSE.

Fille de Jupiter sage diuinité,
O vous qui nous aués auec tant de bonté,
Fait la belle leçon de vos doctes maximes
Dont nous auons bien profité,
Vous qui n'ignores rien des choses plus sublimes
Sans doute vous sçaurés tantost adrettement,
Vous seruir d'vn Tambour de Basque
Et vous ferés fort prudemment,
Car nous allons prendre le Masque.

Venés Minerue icy soutenir vostre nom,
Venés auecque nous presenter vn Momon
Que vos quatre vertus prennent des Castagnettes
Et ne pensés pas dire non
Nous ne nous proposons que choses fort honnétes,
Il faudra s'il vous plaist aller vn peu par haut,
Comme on fait en escarpolette,
Bien grimacer a chaque saut,
Et mesme faire vn peu la beste.

DIXHVICTIESME ENTRÉE

VNE MINERVE ET QVATRE VERTVS RIDICVLES
REPRESENTÉES PAR MESSIEVRS,

DE MAVPAN.
DE TALMY,
HVMBERT,
LANGLEBERT
ET LA ROCQVE

Quatre Folaſtres viennent les ioindre qui a force de badiner & de les tourmenter leur font quitter le Theatre, & eux font la dixneufuieſme entrée.

DIXNEVFVIESME ENTREE.

QVATRE FOLASTRES REPRESENTES PAR

Monsievr le Marqvis de Germe
Monsievr le Comte de Raigecovrt.
Monsievr de Permilac,
Et Monsievr de Bovcav.

POVR LES QVATRE FOL'ASTRES.

Ces Folastres ne sont point trop a reietter,
Et les belles n'auroient point de desauantage,
De se faire a leur badinage,
L'vn portant l'autre ils ont dequoy les contenter.

TOVS LES BALADINS

A SON ALTESSE

LE iuste de tout temps tres-sagement s'oustient,
Qu'il faut rendre a Casar ce qui luy appartient,
Ce prouerbe Seigneur sans doute nous engage,
De venir a vos pieds rendre humblement homage,
Car enfin chacun sçait que dans mille hazars,
Vostre Altesse a paru le premier des Casars.

FIN.

BALLET DES RENCONTRES inopinées.

Recit Chanté par le hazard.

L'ON attribuë à mon pouuoir
Qui n'est qu'vne Chimere vaine,
Tout ce dont on ne peut sçauoir
L'ordre ny la cause certaine:
Et bien souuent à tort les esprits des humains
M'imputent les succez qui trompent leurs desseins.

Mais quoy qu'il en soit aujourd'huy
Dans ce Ballet de mes caprices,
I'espere causer moins d'ennuy
Que de rauissantes delices:
Et l'on pourra bien-tost sans mensonge & sans fard
Me deferer ce nom d'agreable hazard.

Premiere entrée dansée par vn Ioüeur de Gobelets.

Il n'est point sous le Ciel de si perçante veuë
Qui se puisse égaler dans sa viuacité
A la subtilité
Dont ma main est pourueüe:

Mais le hazard qui veut qu'on releue de luy
A fait par son pouuoir extresme,
Qu'en pensant deceuoir autruy
Ie me trouue deceu moy-mesme.

Seconde entrée dansée par deux Nains, & le Ioüeur de Gobelets.

Nos esprits plus grands que nos corps
Ont de ce Maistre en tricherie
Surmonté les subtils efforts,
Et trompé la supercherie :
Et le sort nous veut figurer
Dans ce succez de consequence,
Qu'on ne doit iamais mesurer
Les hommes à leur apparence.

Troisiesme entrée dansée par quatre Villageois, qui vont pour enleuer vn Tresor.

Nous allons enleuer la proye
D'vn Tresor à nous seuls n'agueres découuert
Et ce bien nous estant offert
Nous l'embrassons auecque ioye :
O succez sans comparaison,
Le sort pour alleger nostre peine rustique
Nous fait rencontrer l'Amerique
A cent pas de nostre maison.

IV. Entrée dansée par le Demon qui garde le Tresor.

Pluton, qu'en vain souuent la pauureté reclame
Luy qui tient les Tresors sousmis à sa mercy.

A fait confisquer celuy cy
Aux menus Plaisirs de sa Femme :
Et quiconque à dessein de rauir aujourd'huy
Ces escus Commis à ma garde,
Apprendra que le diable est plus mauuais que luy
Et que contre ma Fourche à tort on se hazrde.

Cinquiesme entrée dansée par vn Mercier de Campagne.

Ie pourrois fort facilement
Transferer mon Trafficq du North à l'Antartique :
Estant Leger egalement
De Pieds, de Teste, & de Boutique.

Sixiesme entrée dansée par deux Singes qui deffroquent le Mercier.

Ce Mercier sans Arrest, que le somme a dompté,
A nostre curiosité,
Offre vne auanture fatalle :
Et si nous pouuons aujourd'huy
Nous rendre Maistres de sa balle
Nous serons Marchans comme luy.

Septiesme entrée dansée par deux Damoiselles Champestres, surprises par deux Espagnols.

Ce ne fut pas sans mystere autrefois
Qu'on figura la Deesse des bois,
Rendre de ses attraits la chasteté compagne:
Puis que ceste vertu, des Dames l'ornement
Regne souuent dans la campagne
Et dans les villes rarement.

Les Espagnols.

Quelqu'estime qu'on ait de nostre continence
Nous tendons des filets aux belles, dont la France
Est l'incomparable sejour :
Leur objet pour nos cœurs estant remply d'amorce
Nous taschons de rauir par finesse ou par force,
Ce que nous ne pourrions acquerir par amour.

Derniere entrée ou deux Caualiers François font lascher prise aux Espagnols, & apres vn agreable combat demeurent victorieux.

Si vostre humeur a creu que ces lieux écartez
Vous verroient possesseurs de ces Sages beautez,
Espagnols, nous rendons vostre croyance vaine :
Rien contre nostre abord ne vous peut garantir,
Et vous n'emporterez pour fruict de vostre peine
Que la honte & le repentir.

FIN.

BALLET DES RESIOVISSANCES FAICTES A PARIS, à la naissance de Monseigneur le DAVPHIN.

A PARIS,

Chez ANTOINE COVLON, ruë Iudas, deuant la Corne de Cerf.

M. DC. XXXIX.

RECIT
AVX DAMES.

VOVS dont les attraits innocens
Par vne ſecrette puiſſance
Rangent ſi doucement nos ſens
Soubs voſtre aimable obeïſſance,
Beau ſexe admirez en ce iour
Vn des beaux effets de l'Amour.

Puiſque vous nous rendez heureux
N'ayants preſque plus d'eſperance,
Et chaſſez nos iours dangereux
Donnant vn Dauphin à la France,
Beau ſexe admirez en ce iour
Vn des beaux effets de l'Amour.

Tout cede à la gloire des Lys
Et ceſte admirable naiſſance
Qui rend nos maux enſeuelis,
Cauſe noſtre reſioüiſſance ,
Beau ſexe admirez en ce iour
Vn des beaux effets de l'Amour.

LE COVRIER.

Ie cours ſans ceſſe par la France
Et ſouuent ſans bruit ny caquet
I'offre aux Dames quelque paquet
En leur faiſant la reuerence.

LE COLLEPORTEVR.

A me voir deſloger & courir par les rües
Eſtant auſsi ſecret qu'vne bande de grües
Quand i'ay quelque Imprimé nouueau,
Les badaus amaſſez que ma mine faict rire
N'ont ils pas ſans mentir quelque raiſon de dire
Que ie ſuis hongre du cerueau?

L'AFFICHEVR.

Neſt-ce pas vne eſtrange choſe
Que ie ſçais faire certains tours
Qui font parler les carrefours
Par ie ne ſçay quoy que i'y poſe.

Les Vendeuſes de Lanternes.

Nos Lanternes ſont à la mode
Et d'vne façon ſi commode
Que l'on y peut mettre ayſement
De toutes ſortes de chandelles
Car leur trou ſuiuant tous modelles
Souure & reſerre iuſtement.

Le Vendeur de portraicts de Monseigneur le DAVPHIN.

Lors que Venus sortit de l'eau
Quoy qu'elle eust l'air de ce tableau
Elle auoit pourtant moins de charmes,
Et quand il est bien à son iour
Il faict honte à celuy d'Amour,
Ressemblant fort au Dieu des armes.

Le Canonnier & l'Artificier.

LE CANONNIER.

Ie sçais l'adresse de braquer
Des pieces de si bonne grace
Qu'il faut bien-tost rendre vne place
Quand i'entreprends de l'ataquer.

L'ARTIFICIER.

Qui me conduiroit au suplice
Fairoit contre le droict diuin
Estant souuent plus plein de vin
Que de finesse & d'Artifice.

La misere Espagnole.

Voyez combien la vanité
De cet homme est insupportable,
Il tient encor sa grauité
Reduit en vn point miserable.

Responce de l'Espagnol.

N'en soyez point tant esbeis
Quand nos boyaux crieroient famine
Tousiours ceux de nostre peis
Font en mauuais ieu bonne mine.

Les Archers.

Nos armes que vous admirez
Font trembler les plus asseurez
Mais vos yeux font bien dauantage
Mesdames, ayans le pouuoir,
Comme vous faictes souuent voir
D'abatre le plus fier courage.

Le Trompette.

Parmy les ieux & les esbats
Aussi bien que dans les combats
Mon son n'a rien de comparable,
Ayant la force & la vertu
D'animer vn cœur abatu
Par vn effet tout admirable.

Les Machines des tonneaux.

Vous autres qui nous pourrez voir
Dancer tous seuls & nous mouuoir
Afin que vos esprits n'en soient point à la geine
Apprenez que le mouuement
Nous conuient naturellement
Sortans de ce tonneau du fameux Diogene.

Le Crocheteur & la Porteuse d'eau yures.

Refaisons vn peu nostre groin
Et nous en donnons au cœur-joye

Trouuants des muids pleins par la voye
N'allons point nous charger plus loin.

Les porteurs d'Instruments.

Se peut il voir chose pareille
Nostre plus petit instrument
Lors qu'on le touche doucement
Peut rauir l'ame par l'oreille.

Mars à Venus.

Que chacun de nous deux s'efforce
A faire à cet enfant sa liberalité
Vous luy pouuez donner la grace & la beauté,
Et moy le courage & la force.

Le Balladin.

Moy qui ne m'enqueste de rien
Ie ne demande point de bien
Et suis content de ma fortune
Quand on me void cabrioller
Tout mon petit faict est en l'air
Ne voulant rien qui m'imporoune.

La renommée en recit.

Depuis que ie cours en tous lieux
Iamais tous mes soins ny mes veilles
N'auoient descouuert à mes yeux
En vn moment tant de merueilles,
Et tous mes sens surpris se sont comme esbloüis
Des obiets que i'ay veus à la Cour de Loüis.

Vn astre nouueau s'est fait voir

Par vn admirable pouuoir
De l'influence qu'il enuoye,
Que tous mes ſens ſurpris ſe ſont comme esbloüis
Des obiets que ie veus à la Cour de Louys.

Ie m'en vais publier ce bruit
Par tout ou le Soleil eſclaire
Que dis-ie? ou ce bel aſtre luit
Me la t'on pas deſia veu faire?
C'eſt que mes ſens ſurpris ſont encore esbloüis
Des obiets que i'ay veus à la Cour de LOVYS.

Grand Ballet par des Captifs & Nations.

LES CAPTIFS.

Grace à noſtre ieune vainqueur
Nous nous verrons bien-toſt affranchis de nos peines
Afin que nous puiſſions deliurez de ces chaiſnes
Le ſeruir des bras & du cœur.

LES NATIONS.

Nous autres nous ſommes venus
De Royaumes preſque incognus
A deſſein de luy rendre hommage
Au nom de cent peuples diuers
Où pluſtoſt de tout l'Vniuers
Qui doit adorer ſon image.

BALLET DES SAISONS.

Danſé à Fontainebleau par ſa Majeſté le 23. Iuillet. 1661.

A PARIS,

Par ROBERT BALLARD, ſeul Imprimeur du Roy pour la Muſique.

M. DC. LXI.

Auec Priuilege de ſa Majeſté.

BALLET DES SAISONS.

AVANT-PROPOS.

LE ſujet de ce Ballet eſt tiré du lieu où il ſe danſe, & les agreables deſerts de Fontainebleau deuenus frequents par le ſeiour de la plus belle Cour qui fut iamais, les Bergeres qui les habitent en teſmoignent leur ioye par vn Concert, auquel pluſieurs Bergers & quelques Faunes ſe meſlent : Diane & ſes Nimphes, que le plaiſir de la Chaſſe attire en ces Foreſts, paroiſſent en ſuite : Les Saiſons y ſuccedant les vnes aux autres, chacune marquée par vn changement de Theatre, produiſent les Entrées du Ballet, & la derniere comme deſagreable & infructueuſe en eſt chaſſée par le retour d'vn eternel Printemps qui doit regner à iamais en ce lieu bien-heureux, où tout ce qui peut regarder la gloire, la proſperité, & le plaiſir, contribuë à l'agréement de ce Ballet.

OVVERTVRE.

Chœur des Bergers.

QVi dans la Nuit rameine le Soleil?
On ne voit point les étoiles ſi belles,
C'eſt luy qui vient en ſuperbe appareil
Répandre icy mille clartez nouuelles.

PREMIERE ENTRE'E.

SIx Faunes paroiſſent les premiers, ſuiuis d'vne grande troupe de concertans & ſurprennent les ſpectateurs par vne danſe ruſtique & extraordinaire.

Faunes, Meſſieurs Coquet, & Bruneau, les Sieurs Des-Airs, De St. André, Reynal, & De Lorge.

LEs Concertans s'ouurent des deux costez, & font place au Theatre qui s'estant aduancé de plus de cent pas s'arreste enfin aussi ferme & aussi solide que s'il n'auoit point changé de lieu, & orné d'vn nombre infiny de Fontaines, de Iets d'eau, & de Cascades, qui font vn merueilleux effect parmy les lumieres dont il est esclairé; vne montagne s'y descouure qui porte Diane au plus haut de son sommet, accompagnée de toutes ses Nymphes; tant de beautez formant le plus agreable object du monde, pendant qu'elles viennent à paroistre, la Nymphe de Fontainebleau chante le Recit.

Nymphe de Fontainebleau, Mademoiselle Hilaire.

RECIT.

Bois, Ruisseaux, aymable verdure,
Lieu charmant & delicieux
Qu'auec soin l'Art & la Nature
Ont fait tout exprés pour les Dieux
Quand ils sont ennuyez des Cieux:
Redoublez vos attraits pour la Troupe immortelle
Qui vient gouster icy les plaisirs les plus doux,
Il n'est rien de si beau que vous,
Il n'est rien de si noble qu'Elle.

Le Chœur des Bergers. *Qui dans la Nuit, &c.*

La Nymphe reprend.

Les ſoupirs, les plaintes, les larmes
Ne ſont point chez vous leur ſejour,
Tout y rit loin du bruit des Armes,
Et tous vos Echos d'alentour
Ne ſçauroient parler que d'amour.
Redoublez vos attraits, &c.

Le Chœur des Bergers. *Qui dans la Nuit, &c.*

II. ENTREE.

Diane & ſes Nymphes.

Diane, MADAME.

Nymphes, La Ducheſſe de Valentinois, Mademoiſelle de Montbaſon, Madame de Gourdon, Mademoiſelle du Foüilloux, Mademoiſelle de Chemerault, Mademoiſelle de la Mothe, Mademoiſelle de Meneuille, Mademoiſelle Des-Autels, Mademoiſelle de la Valiere, Mademoiſelle de Pont.

Pour MADAME, *repreſentant Diane.*

DIane dans les bois, Diane dans les Cieux,
Diane enfin brille en tous lieux,
Elle eſt de l'Vniuers la ſeconde lumiere,
Elle enchante les cœurs, elle éblouït les yeux,

Glorieuse sans estre fiere,
Adorable en toute maniere,
L'on a de sa vertu si bonne opinion
Qu'on ne sçauroit iamais y trouuer à redire;
Cependant puisqu'il faut tout dire
Elle passe les nuicts auec ENDYMION.

Pour la Duchesse de Valentinois, *Nymphe.*

DEmeurez parmy nous
Obiet charmant & doux,
Si vous auez besoin
De bois & de rochers,
Et qu'ils vous soient si chers,
N'en cherchez pas plus loin.

Pour Mademoiselle de Montbazon, *Nymphe.*

LA douce force de vos yeux
Agit non seulement sur tous tant que nous sommes,
Mais elle va plus loin penetrant jusqu'aux Dieux
Qui ne dédaignent pas d'estre du goust des Hommes
Puis que pour vous auoir ils ont quitté les Cieux.

Madame de Gourdon, *Nymphe.*

QVe l'Amour soit par tout reconnu pour vainqueur,
Qu'à le faire valoir chacune s'interesse;
Pour moy je me sens libre, & n'ay rien dans le cœur
Que le soin de seruir ma diuine Maistresse.

Mademoiselle du Foüilloux, *Nymphe.*

A *Mon gré l'inconstance est vn defaut estrange*
Le plus seur est de fuir ce dangereux vain-queur,
Mais quand on a tant fait que d'accepter vn cœur
Il est beau d'en sçauoir toujours garder le change.

Mademoiselle de Méneuille, *Nymphe.*

A *Pres vn fort long examen*
Et de l'Amour, & de l'Hymen
Que font les Nymphes d'ordinaire
Qui n'ont rien de meilleur à faire,
Ie dy sans les vouloir tous deux aprofondir
Qu'à qui s'ose y fier il faut bien qu'il en coûte,
L'vn met la main au plat vn peu trop tost sans doute,
L'autre vn peu trop long-temps le laisse refroidir.

Pour Mademoiselle de la Mothe, *Nymphe.*

V *Ous n'auez pas vn traict où l'Amour ne façonne,*
En vos moindres apas ses soins sont éuidens,
Il ocupe au dehors toute vostre personne,
Je sçaurois volontiers ce qu'il fait au dedans.

Mademoiselle de Chemeraut, *Nymphe.*

TOus ces petits chagrins qu'on me voit d'ordinaire
Ie les ay sans sçauoir ny comment ny pourquoy,
Mes yeux en ont menty s'ils disent le contraire,
Des sentimens d'amour sont des horreurs pour moy.

Pour Mademoiselle Des-Autels, *Nymphe.*

SI vous alliez quelque fois
Seule au bois
On pourroit bien en médire,
Et j'apprehende pour vous;
Cet air languissant & doux
Il attire
Le Satyre.

Pour Mademoiselle de la Valiere, *Nymphe.*

CEtte beauté depuis peu née,
Ce teint & ses viues couleurs;
C'est le Printemps auec ses fleurs
Qui promet vne bonne année.

Pour Mademoiselle de Pont, *Nymphe.*

PArmy tous les apas dont vous estes pourueuë
Vostre legereté vous dérobe à la veuë ;
Elle est dans vostre Dance en vn si haut degré
Qu'Amour mesme s'en estonne,
Luy qui trouue que personne
Ne va trop viste à son gré.

III. ENTRE'E.

LE Theatre change de face & la saison du Printemps vient à paraistre, representée par vn Iardin orné de fleurs & de parterres, d'où Flore sort suiuie de quatre Iardiniers.

Flore Les Sieurs de Lorge
Iardiniers, Le Conte de Sery. Le Marquis de Genlis. Messieurs Bontemps, & d'Heureux.

Le Conte de Sery, *Iardinier.*

IE voy de jour en jour croistre vne jeune Plante
Qui vaut mieux que l'œillet, la Rose, & le Iasmin,
En éclat, en odeur le reste elle suplante,
C'est la plus belle Fleur qui soit en mon Iardin.

Pour le Marquis de Genlis, *Jardinier.*

IE cultiue vn Iardin propre & bien conserué
Où mes adroites mains sont rarement oysiues,
Il semble que mon Teint soit aussi cultiué,
Mais il ne brille pas de fleurs qui soient si viues.

IV. ENTRÉE.

LA Scene s'estant promptement changée en vn champ semé d'espics de bled representant la saison de l'Esté : Ceres suiuie de huict Moissonneurs fait la quatriesme Entrée, precedée d'vn Concert champestre de plusieurs autres Moissonneurs.

Ceres, LE ROY.
Moissoneurs, Le Comte de S. Aignan.
Messieurs Lully de Verpre, & Bruneau Les Sieurs Beauchamp, Reynal, le Conte, & la Pierre.

LE ROY. *representant Ceres.*

DEstin, vous le vouliez, par vostre ordre tout pur
La Terre a dû souffrir qu'vn fer trenchant & dur
Luy déchirast le sein dans vne rude Guerre;
Maintenant s'en est fait, & de ma propre main
Je séme heureusement sur cette mesme Terre
Dequoy donner la vie à tout le genre Humain.

Non ie ne veux plus voir les Peuples accablez,
Moy-mesme ie feray le partage des Blez,
Et ie pretends qu'à moy s'adresse tout le monde:
Qui prend d'autres chemins ne sçauroit faire pis,
Ma seule volonté liberale & feconde
Dispersera les grains qui sortent des épis.

Le Conte de S. Aignan, *Moissonneur.*

QVe ie doy d'encens à Ceres
Dont la bonté m'est si propice,
Contre les autres Dieux ie prends ses interests,
Et ie luy garde encor du sang en sacrifice,
Mon cœur s'en souuiendra tant qu'il sera viuant,
Elle a trop bien payé mes labeurs & mes peines,
Qu'il fasse desormais de la gresle & du vent
Me voila satisfait & mes Granges sont plaines.

V. Entrée.

LA face du Theatre change auec la mesme promptitude & deuient vn vignoble couuert de grapes de raisins, & d'autres fruits de la saison de l'Automne : Quatre Vendangeurs & autant de belles Vendangeuses, y font la cinquiesme Entrée.

Vendan-

Vendangeurs, MONSIEVR. Le Conte de Guiche, Le Marquis de Villeroy, & le Sieur Des-Airs, *Vendangeuses*, Madame de Villequier, Mademoiselle, de Montausier, Mademoiselle d'Arquian, & Mademoiselle de Barbesiere.

Pour MONSIEVR. *Vendangeur.*

QVe vostre bon-heur est insigne
D'auoir vne si belle Vigne
Et si digne du Vendangeur
Attaché là de tout son cœur!
Oüy sans doute elle est belle & bonne,
Et vous y procedez d'vn train
Qui fait croire que dans l'Automne
Le muid pourroit bien estre plain:
Escoutez cependant l'auis que je vous donne,
Encor que vous soyez trop fin
Pour en faire part à personne
Ne vous enyurez pas de vostre propre vin.

Pour le Conte de Guiche, *Vendangeur.*

VOus estes beau, bien-fait, jeune, de bonne taille,
Basty comme vn Garçon que l'on veut qui trauaille,
Et n'estes soupçonné d'auoir aucun defaut:
Mais pour en bien parler, vostre juste loüange
N'est pas tant de sçauoir vendanger comme il faut,
Que de sçauoir des mieux prescher sur la vendange.

Pour le Marquis de Villeroy, *Vendangeur.*

TRauaillez à la vigne, & vous y rendez Maistre,
Sur tout gardez-vous bien d'estre vn peu trop tost las,
Et tellement oysif qu'on ait peine à cognaistre
Si c'est le Vendangeur où si c'est l'Echalas.

Pour Madame de Villequier, *Vendangeuse.*

AVx misteres d'vn Dieu vous estes destinée,
Pour luy visiblement vous semblez estre née,
Mais de s'imaginer que c'est le Dieu du vin,
Il faut estre sans doute vn merueilleux Deuin.

Mademoiselle de Montausier, *Vendangeuse.*

AVecque soin ie trauaille
A former cette liqueur
Qui fait reuenir le cœur:
Mais quelque loin qu'vn cœur aille
Il ne faut pas s'en mettre en plus grands frais,
Encore moins courir apres.

Pour Mademoiselle d'Arquian, *Vendangeuse.*

IE vous souhaite vne moitié
Que vous vouliez & qui vous veule,
Car c'est vne grande pitié
Que de vendanger toute seule.

Pour Mademoiselle de Barbeziere, *Vendangeuse.*

AMour vous guette en tous lieux,
Gardez qu'il ne vous atrape,
Vous auez de certains yeux
Qui semblent mordre à la grape.

VI. ENTRÉE.

ON voit encore rechanger la Scene auec la mesme diligence ; & elle deuient vn Hyuer tout couuert de glaces & de neiges qui font apprehender cette fascheuse Saison : Six Gallands impatiens de quitter la campagne & de retourner à la Ville, paroissent dans la gayeté que leur cause l'esperance d'vn prompt retour.

Gallands. Le Duc de Guyse. Le Conte d'Armagnac, M. d'Heureux. Les Sieurs Beauchamp, Reynal, & de Lorge.

Le Duc de Guise, *Galand.*

IE ne sçay comme quoy ie me suis auisé
De me mettre en Galand de peur que ie paroisse ;
Est-il personne icy qui ne me recognoisse
Et qui puisse penser que je sois déguisé?

Le Conte d'Armagnac, *Galand.*

SI la Galanterie est vn noble talant
Qui mette vn jeune homme en estime,
Ie ne sçay, mais du moins si l'on me voit Galand
C'est pour vn suiet legitime.

VII. ENTRE'E.

APeine les Gallands se sont retirez, que sept Masques viennent apporter vn Momon.

RECIT DES MASQVES.
Chanté par M. le Gros.

AVX DAMES.

OBjets charmans & rares
De peur de vous fascher,
Sous des formes bizares
Nous voulons nous cacher:
Que sert nostre entreprise?
Le monde se déguise
Pour n'estre pas conu,
Mais l'Amour va tout nu.

Ce masque dont l'vsage
Tient les gens en erreur,
Est fait pour le visage
Et non pas pour le cœur:
Que sert nostre entreprise? &c.

Made-

Mademoiselle de Verpré *dansant vne Sarabande.*

Masques, Monsieur le Duc. Le Conte de S. Aignan.
Le Marquis de Villeroy. Le Marquis de Genlis.
Messieurs Bontemps, & Coquet,
& le Sieur Des-Airs.

Monsieur le Duc, *Masque.*

EN cette occasion sous vn habit fantasque
Il me plaist de cacher le poste que ie tiens,
Dans vne autre meilleure ayant leué le masque
On sçaura qui je suis peut-estre & d'où je viens.

Le Conte de S. Aignan, *Masque.*

AVX DAMES.

SI ie me tiens couuert c'est afin de vous plaire,
Et contre mon honneur ie ne croy point pécher,
Il me seroit aillieurs honteux de me cacher,
Et Venus fait icy ce que Mars n'eust sceu faire.

Le Marquis de Villeroy, *Masque.*

I'Ay veu les passions n'estant ny pour ny contre,
Ie cherche à me ranger maintenant sous leurs loix,
Et ne vays déguisé qu'afin que je rencontre
A qui me découurir pour la premiere fois.

Le Marquis de Genlis, *Masque.*

IE suis tellement circonspect
Que j'ay peur d'éfrayer le monde à mon aspect,
Et ma discretion va mesme
A craindre d'estre veu de la Beauté que j'ayme.

VIII. ENTRE'E.

LA Scene qui representoit l'Hyuer se rechange en vn Iardin où le Printemps suiuy du Ieu, du Ris, de la Ioye, & de l'Abondance, vient regner à jamais.

Le Printemps, LE ROY.

Le Ieu, Monsieur Lully. *Le Ris*, le Sieur le Conte.

La Ioye, le Sieur Reynal.

L'Abondance, Le Sieur de la Pierre.

Pour SA MAIESTE'. *Le Printemps.*

LA jeune vigueur du Printemps
A dißipé le mauuais temps,
Tous ces vents mutins & fantasques
Qui parmy des broüillards épais
Causoient de si grandes bourasques
Ont esté bannis pour jamais,
Et dans l'air il a mis vne profonde Paix.

Cette Saiſon qui plaiſt ſi fort
R'enuoye aux froids climats du Nort
L'Hyuer qui nous liuroit la guerre,
Et produit pour noſtre bonheur
Au plus noble endroit de la Terre
La grande & l'immortelle Fleur
Qui par toute l'Europe épandra ſon odeur.

IX. ET DERNIERE ENTRE'E.

LEs neuf Muſes guidées par Apollon, & par l'Amour, viennent s'eſtablir dans Fontainebleau, les aymables Sœurs eſtans accompagnées des ſept Arts liberaux, de la Proſperité, de la Santé, du Repos, de la Paix, & des Plaiſirs de toute ſorte qui ne doiuent plus abandonner ce beau lieu; Et finiſſent le Ballet par vn charmant Concert d'Inſtruments.

Apollon. Le Duc de Beaufort.

L'Amour. Le petit Iules du Pin.

Muſes.

Mademoiſelle de Mancini. La Comteſſe d'Eſtreé. Mademoiſelle d'Arquian. Mademoiſelle de Laual. Mademoiſelle de Saluces. Mademoiſelle de Cologon. Madame de Comminges. Mademoiſelle de la Mothe-Hodancourt. Mademoiſelle Stuard.

Le Duc de Beaufort, *Apollon.*

TOujours jeune & toujours blond
Je brille entre ces Pucelles
Paſſant le temps auec elles
Sans qu'il me paroiſſe long,
Mais au milieu de ma joye
A chaque moment j'enuoye
Mes vœux ſecrets à Daphné,
Pour moy plus froide que marbre,
Et je me voy condamné
A ſoupirer pour vn Arbre
Qui ne m'a jamais produit
Ny de feüilles ny de fruit.

Pour Mademoiſelle de Mancini, *Muſe.*

CEtte petite Muſe en charmes en attraits
N'eſt à pas vne inferieure,
Auſsi pas vne jamais
N'eut l'eſprit & le ſein formez de ſi bonne heure.

La Conteſſe d'Eſtrée, *Muſe.*

SI mes yeux & mon chant marquent de la langueur
Ie n'en doy receuoir ny reproche ny blaſme,
Et cette paſsion dont je chatoüille l'ame
Eſt toute dans ma voix ſans eſtre dans mon cœur.

Pour Mademoiselle d'Arquian, *Muse.*

LEs doctes Filles de memoire
D'vn goust diuers
Ayment toute espece de vers;
Mais si vous osiez vous en croire,
Toutes n'auriez vous pas les sentimens enclins
Aux Masculins?

Pour Mademoiselle de Laual, *Muse.*

ON s'imagine à tort les Muses surannées;
Il ne faut que vous voir pour n'en croire plus rien,
Et vous nous détrompez bien
Auecque vos douze années.

Pour Mademoiselle de Saluces, *Muse.*

IL n'est rien de plus doux, il n'est rien de plus beau
Vos Compagnes peut-estre en seront offencées;
Mais je n'en cognoy point qui soit dans le Troupeau
Capable comme vous d'inspirer des pensées.

Mademoiselle de Cologon, *Muse.*

LEs Muses comme nous aymables & bien faites
Ne s'accommodent pas des œuures imparfaites
Et craignent ces Autheurs dont les productions
Sont plus qu'il ne conuient plaines de fictions.

Madame de Comminge, *Muse.*

I'Ay parmy toutes ces belles
Le rang que j'y dois auoir,
Et sçay ce qu'on peut sçauoir
Entre les doctes Pucelles.

Pour Mademoiselle de la Mothe-Hodancourt, *Muse.*

CEtte Muse est jeune est aymable,
Belle, & de tout point estimable,
Mais je suis dans vn grand abus
Si quelque mine qu'elle fasse
Elle tient conte du Parnasse,
De Pegaze, ny de Phébus.

Pour Mademoiselle Stuart, *Muse.*

VNe Muse si douce enchante qui la voit,
L'ame la moins sensible en demeure piquée:
Si l'on en croit ses yeux je doute qu'elle soit
Toujours vainement inuoquée.

Le petit Iules du Pin. *Amour.*

I'Estois Choüette & suis l'Amour,
Ce sont deux Oyseaux celebres
Qui tous deux craignent le grand iour,
Et n'ayment que les Tenebres.

Fin du Ballet.

BALLET
DANSE'A ESSAVNE dans la Maiſon DE MONSIEVR HESSELIN, POVR LE DIVERTISSEMENT DE LA SERENISSIME REYNE DE SVEDE.

LA Renommée qui reconnoiſt qu'elle n'euſt jamais de plus celebre employ, que de publier les rares vertus & les admirables qualitez de l'incomparable CHRISTINE, ayant fait ſçauoir à tout le monde qu'elle vouloit honorer ces aymables lieux de ſon auguſte preſence, y eſt venuë elle-meſme, ſuiuie d'vne foulle de gens de tous pays & de toutes conditions, qui deſirent luy rendre leurs reſpects; pour leur en donner le moyen & leur faciliter l'acceſt de cette grande Reyne, elle paroiſt la premiere deuant elle par le Recit.

RECIT.

Reyne dont les mortels adorent la preſence,
Moy qui parle en tous lieux & qui parle de tout,
Ie viens pour t'aſſeurer qu'il n'eſt point d'Eloquence
Que tes rares vertus ne puiſſe mettre à bout;
Tout cede à ton Eſprit & d'vn pouuoir ſupreſme
Toy ſeule peux parler dignement de toy-meſme.

Tes grandes actions qui n'ont point de pareilles
A me faire parler ont ſeruy mille fois,
Auſſi pour celebrer tes diuines merueilles
Il faut plus d'vne langue, il faut plus d'vne voix;
Mais bien qu'a te louër j'apporte vn ſoing extreſme,
Toy ſeule peux parler dignement de toy-meſme.

Abbaiſſant à tes pieds ce que tous les Monarques
Portent deſſus la teſte & tiennent dans leurs mains
Ne fais-tu pas bien voir par ces illuſtres marques
Que ſi tu dois regner? c'eſt ſur tous les humains.
Par ce diuin eſprit & ce pouuoir ſupreſme
Toy ſeule peux parler dignement de toy-meſme.

PREMIERE ENTRÉE.

Le Genie de la France.

Beauchamp.

LE genie de la France, le plus diligent, comme le plus zelé, paroist le premier; & presente à la REYNE les soumissions & les vœux de tous les Peuples de ce grand Royaume, luy protestant qu'ils n'ont pas moins de passion pour son seruice, que d'admiration pour sa vertu.

II. ENTRÉE.

Deux Suisses.

Lambert, Don.

LEs Magnifiques & Puissans Seigneurs des Cantons, qui s'attendoient à l'honneur de luy faire la reuerance dans leur Pays, voyant qu'elle a pris vne autre route, ont enuoyé deux Bourgmestres, pour luy rendre les deuoirs de toute leur Nation.

III. ENTRÉE.

Deux Bourgeois, & vne Bourgeoise.

Le Vacher, & les deux Des-Airs.

ROlland, Rodomont, & Angelique, qui ne sont pas moins connus par les emportemens de leur amour, que par le nombre de leurs exploict: n'ayant desormais de passion que pour la veritabl Vertu heroïque, dont ils n'auoient veu iusques ic qu'vne fausse image, viennent la reuerer en la per sonne de cette magnanime Princesse, & n'osent pa roistre sous vn habit, où l'on leur a veu faire tan d'égarremens, ils se cachent sous l'apparence mod ste de deux Bourgeois & vne Bourgeoise de Paris, re solus de suiure par tout la Reyne, & de s'attacher son seruice.

IV. ENTRE'E.

Vne Egyptienne.

Vagnac.

VRgande la fameuse Enchanteresse, enchanté elle-mesme de ce qu'elle entend dire en tou lieux des perfections de cette admirable Heroïne vient luy faire les excuses des Amadis, & du reste de Auanturiers, de ce qu'ils n'ont pû luy rendre leur deuoirs en personne, estant occupez à des entreprise qu'ils peuuent d'autant moins abandonner, que c'es par où ils pretendent meriter plus hautement so estime.

V. ENTRE'E.

Quatre Mores.

Cabou, Moliere, Beauchamp, & Doliuet.

CEpendant la mesme Vrgande amene à ses pieds quatre Roys Mores, qui font gloire de venir soumettre toute leur grandeur à sa puissance, & n'aspirent plus qu'à l'honneur de receuoir de sa main les chaisnes dont ils ont chargé leurs ennemis.

DEVXIESME PARTIE

SECOND RECIT.

Deux Paysanes, & vn Paysan.

Vagnac, Du Moustier, Lerambert.

FLO'RE & Pomone viennent offrir à la REYNE le Tribut des biens qu'elles ont produits en ce lieu delicieux, & luy presenter des fleurs & des fruits ; mais ayant appris que leur amant Zephire se doit rencontrer en cette feste, non sans dessein de leur faire infidelité, elles se sont déguisées affin de pouuoir mieux l'obseruer : Ce qui fait vn Recit facecieux où Zephire luy.

mesme se mesle pour le rendre plus agreable.

PREMIERE ENTRE'E.

Deux Bergers, & vne Bergere.

La Marre, de Gan, Mongé.

LEs Bergers heroïques de Lignon, & leurs charmantes Bergeres ont enuoyé les plus galands d'entr'eux, pour porter à cette Princesse des marques de leurs respects, & pour l'asseurer que toute rare qu'est la felicité dont ils jouïssent dans le parfait accomplissement de leurs vœux, ils en conçoiuent vne autre plus grande; c'est de pouuoir estre quelques-fois honorée de ses commandemens, ne le pouuant estre de sa veuë.

II. ENTRE'E.

Quatre Pigmées.

Bonnar, Chaudron, Daniel, & Broüar.

LEs Peuples qui habitent les extremitez du monde, & qui n'ont pas moins d'admiration pour elle que ses voisins luy ont enuoyé quatre Pigmées des mieux faits, & plus adroits de tout le païs, afin de diuertir sa Majesté par vne danse plaisante, & des postures répondans à la petitesse de leur taille: Ils sont venus sur des grues, prises depuis peu à la guerre, que cette petite Nation a contre elle ; mais ces gruës ne ſe verront point eſtant demeurées dans le Parc pour paiſtre.

III. ENTRE'E.

Vn vieux Gentilhomme, & vne Damoiſelle Gauloiſe.

Anſe, Femme. *Lerambert*, Homme.

LE fameux Hercule a voulu ſe trouuer à cette Feſte auec ſa belle Iole, pour venir reuerer en cette Heroïne Royale la memoire & la valeur de l'Hercule du Nort, l'inuincible GVSTAVE; mais comme il s'eſt veu obſeruer par les Grecs, qui auroient difficilement conſenty à ſon voyage, pour ne pas ſe priuer des aduantages que ſa preſence leur procure; il s'eſt traueſty en vieux Gaulois, & ſa maiſtreſſe en Dame du meſme temps, reconnoiſſant combien ils ſont l'vn & l'autre inferieurs aux dons naturels & acquis de cette grande Princeſſe.

IV. ENTRE'E.

Quatre Amazones.

Les deux Des-Airs, Le Vacher, & Dupron.

LEs Amazones à l'enuie d'Hercule, à qui elles ne veulent pas plus ceder en cette occaſion qu'en celle de la guerre, enuoyent quatre de leurs Princesses à sa Maiesté, pour l'asseurer que la reconnoissant pou leur veritable Reyne; elles s'estimeront plus glorieu ses d'apprendre qu'elle daigne agréer leurs deuoirs que des plus fameuses victoires qu'elles ayent remportées sur les plus grands Roys de l'Asie.

V. Entrée.

Vn Espagnol.

Doliuet.

VN Gentil homme Espagnol, que la curiosité a fait glisser dans cette foulle, se trouue si surpri d'admiration, en presence de cette merueilleuse Princesse, qu'oubliant les victoires qu'elle a remportée sur sa nation, il veut bien contribuer à son diuertissement tout ce qu'il a de disposition & d'adresse.

FIN DV BALLET.

BALET
DE LA FORTVNE.

A CLERMONT,
De l'Imprimerie de NICOLAS IACQVARD,
Imprimeur & Libraire, de Monſeigneur
l'Eueſque de Clermont.

M. DC. LV.

BALLET DE LA FORTVNE.

Recit.

VOICY cette Dame infidelle,
Qu'on accuse d'estre cruelle
A ses plus illustres Amans;
Mais c'est sans raison qu'on la blâme
De tant de diuers changemens;
Puis qu'on sçait assez qu'ell' est femme.

Elle agit comme ces Maistresses,
Qui par leurs trompeuses promesses
Amusent tous leurs soûpirans;
Et de qui l'injustice insigne
Sur tant de Galans differens
Fauorise le plus indigne.

Comme son humeur est volage,
L'inconstance de son visage
Se fait connoistre à tout moment;
Il paroist peu de temps le méme
Et son éclat doux, & charmant,
Tôt apres deuient triste & blême.

Premiere Entrée.

LA FORTVNE.

Mr. DES ROYS.

A. Me. A.

SONNET.

VOVS de qui les rares beautez
Par leur souueraine puissance
Font de toutes vos volontez
Des loix à mon obeïssance.
Bien qu'en tout ce que ie dispence,
On blâme mes legeretés,
Vous verrés toûjours ma constance
Seconder vos felicités.
Châcun pense que mon caprice
Comme il est contraire, ou propice,
Fait le mal, ou le bien de tous.
Mais qui sçauroit que ie vous aime
Diroit que la Fortune mesme
Dépend absolument de vous.

Deuxiéme Entrée.

VN MAGICIEN ET DEVX ESPRITS.

Mrs. DE St. SANDOVX, ENIOBERT, ET BRVNEL.

QVOY que par mon Art ie presage
Toutes sortes d'éuenemens,
Belles vous mettez en vsage
Des charmes plus subtils que mes enchantemens,
Vos appas ont plus d'Energie
Que tous les mots de la Magie
Pour obseder vne ame, & la mettre en vos fers,
Et ie sens par experience
Que le demon d'Amour a bien plus de puissance
Que n'ont pas tous ceux des enfers.

Troisiéme Entrée.

DEVX IOVEVRS.

Mrs. DE LA BARTE, ET BLOT.

AVX DAMES.

MES-DAMES vous n'auez qu'à nous faire beau jeu
Si nous nous échaufons vn peu
Nous vous ferons de nostre reste.
Vous pouriez vous masquer sous l'habit d'vn demon,
Au moindre signe, au moindre geste,
Nous vous courirons le momon.

Quatriéme Entrée.

VN GVEVX.

Mr. CHAMPFLOVR.

AVX DAMES.

BELLES qui n'auez de caresses
Que pour les biens & les richesses
Vous méprisez ma pauureté:
La Fortune, il est vray, m'a fait de grands outrages,
Mais sçachez que d'autre costé
Nature m'a donné de fort grands auantages.

Cinquiéme Entrée.

VN AMANT, ET SA MAISTRESSE.

Mrs. ENIOBERT, ET LA VILLE.

QVOY qu'on me trouue mal basty,
Et ma Maistresse mal troussée,
Mon cœur vers elle a pris party
Et son ame auec moy s'est fort embarrassée.
Ie ne sçay quel bizarre amour
Me persecute nuict & jour;
Mais quelque fureur me possede
Dont ie ne dois attendre aucune guerison:
Car puis qu'elle aime vn sot, qui n'ayme qu'vne laide,
Nous nous aimons par sort, plutôt que par raison.

Sixiéme Entrée.

QVATRE MARCHANDS.

Mrs. FONTFREIDE, DAVPHIN, L'OLIER, & BRVNEL

Nous ne sommes pas des Filous
Ny des Marchands de peaux d'Anguille:
Car aucun n'a dans cette Ville
De plus belles nippes que nous:
Nous tenons pour auoir chez nous la chalandise,
Et fort grande mesure & bonne Marchandise,
Et cherchans les moyens de profiter en tout,
Tantôt sur le Velours & tantôt sur la Sarge
Nous en baillons du meilleur bout
A prendre sur la piece & du long & du large.

Septiéme Entrée.

DEVX CONQVERANS.

Mrs. DE St. SANDOVX, ET CHABRE.

Qvand nous auons le sabre en main
Il n'est rien où sa force n'entre,
Iamais nous ne poussons en vain
Nous passons à tous sur le ventre

AVTRE.

Nous allons sans cesser jour & nuict conquestant,
Nous en prenons par tout où nous en pouuons prendre;
Mais tel comme assaillant va contre vn combatant
Qu'il se voit tôt apres réduit à se défendre.

Huitiéme Entrée.

DEVX CORNARDS.

Mrs. LA VILLE, ET BLOT.

L'VN DES CORNARDS.

I'Auois pris vne belle femme
Pour viure auec plus de douceur,
Esperant toûjours dans mon ame
D'en estre le seul possesseur,
Mais chacun en eût tant d'enuie
Qu'elle a comblé de maux ma vie,
Et que j'en suis tout contrefait ;
N'est-ce pas vne étrange chose
De voir qu'vn si vilain effet
Vienne d'vne si belle cause.

L'AVTRE.

TOVT le monde se plaint de l'aueugle puissance
Qui preside sur nostre sort,
Mais beaucoup s'en plaignent à tort
A qui sa cruauté ne fit jamais d'offence,
Moy je l'accuse auec raison
D'vne éuidante trahison.
Dans ma disgrace extréme, & pourtant fort commune,
Est-il de plus visible affront
Que d'auoir mis dessus mon front
Le fatal caractere où paroît ma Fortune.

Neufiéme Entrée.

VNE MACQVERELLE, ET VNE COVRTISANE.

Mrs. DE LA BARTE, ET DAVPHIN.

LA MACQVERELLE.

Depuis que mon destin m'ôta du rang des belles,
I'ay toûjours fait leçon des choses naturelles,
Ieûnes gens approchés pour m'ouyr discourir
Ie vous mettray bien-tôt en meilleure posture,
Et mon Art sans effort vous fera découurir
Tous les secrets de la Nature.

LA COVRTISANE.

Non, non, je ne m'étonne pas
Quand mon destin me met à bas,
De voir mes forces terrassées
Nul autre n'est pareil au mien:
Car mes affaires ne vont bien
Que lors qu'elles sont renuersées.

Dixiéme & derniere Entrée.

VN COMITE, ET QVATRE FORÇATS.

Mrs. ENIOBERT, FONTFREIDE, CHAMPFLOVR, L'OLIER, ET DES ROYS.

LE COMITE.

Depuis que je suis Amoureux
Les Forçats les plus malheureux
Souffrent vne moindre misere :
Car il vaut mieux estre assommé
Et tirer la rame en Galere,
Qu'aymer & n'estre pas aymé.

LES FORÇATS.

Nous moüillons l'Ancre bien souuent
Dans le détroit de Barbarie,
Mais nous n'allons pas plus auant
Le vent de l'autre Mer est trop plein de furie.

Autre aux Dames.

Vous en qui d'excellens merites
Sont joints à de grandes beautés,
Laiſsés deſormais aux Comites
La pratique des cruautés,
En tous lieux nous entendons dire
Que vôtre tyrannique Empire
Fait qu'on ſe plaint toûjours de vous,
Et que ceux qui ſont dans vos chaînes
Endurent de ſi rudes peines
Qu'ils ſont autant Forçats que nous.

BALLET
DE LA
JEUNESSE,

REPRÉSENTÉ

devant LE ROY, dans le Palais des Thuilleries,

Au mois de Février 1718.

De la Compoſition de Monſieur de BEAUCHAMPS, pour les Paroles; de Meſſieurs MATOT & ALARIUS, pour la Muſique; & de Monſieur BALLON, pour la Danſe.

DE L'IMPRIMERIE
De JEAN-BAPTISTE-CHRISTOPHE BALLARD, ſeul Imprimeur du Roy pour la Muſique,
A Paris, au Mont-Parnaſſe.

M. DCC XVIII.

Par exprès Commandement de Sa Majeſté.

ACTEURS
DANSANS DANS LE BALLET.

ENTRÉE DE LA JEUNESSE.

Mesdemoiselles Javilliers-L. Javilliers-C. la Batte, & Matot.

Messieurs Boisot, Marterre, l'Anglois, la Mothe, & Paris.

ENTRÉE DE BERGERS, & DE BERGERES.

Mademoiselle Prevôt.

Mesdemoiselles la Ferriere, Hareng, Ménés, & Emilie,

Monsieur Ballon.

Messieurs Blondy, Marcel, Dumoulin-D., & Laval.

ENTRÉE DE LA FOLIE.

Messieurs Dumoulin-B. Dumoulin-P. Javilliers, Dangeville, Guyot, & Pecourt.

ENTRÉE DE LA SAGESSE.

Les mêmes Danseurs de l'Entrée de la Jeunesse, & de celle des Bergers.

PERSONNAGES.

LA JEUNESSE.	Mademoiſelle Matot.
PREMIER PLAISIR.	Monſieur le Prince.
DEUXIE'ME PLAISIR.	Monſieur Muraire.
TROISIE'ME PLAISIR.	Monſieur Guinard.
UNE BERGERE.	Mademoiſelle Bury.
UN BERGER.	Monſieur Boutelou.
LA FOLIE.	Mademoiſelle Dandrieux.
Une Suivante de la Folie.	Monſieur le Prince.
Un Suivant de la Folie.	Monſieur Muraire.
LA SAGESSE.	Mademoiſelle Couperin.
Chœur de Plaiſirs.	
Chœur de Bergers.	

BALLET

BALLET DE LA JEUNESSE.

SCENE PREMIERE.

LA JEUNESSE, & sa Suite.

LA JEUNESSE.

Plaisirs, qui volez sur mes traces,
Rassemblez-vous autour de moy;
Venez avec toutes vos graces,
Amuser le loisir du plus AIMABLE ROY.

Son auguste présence
Doit exciter vôtre ardeur en ce jour:
Jeux, qu'autorise l'innocence,
Doux Amusemens de l'Enfance,
Regnez, c'est vôtre tour.

Les Plaisirs forment des danses.

Pour mieux luy marquer vôtre Zele,
Reprenez une ardeur nouvelle;
Chantez, formez pour luy les plus charmans concerts,
Chantez, portez son Nom au bout de l'Univers.

CHOEUR.

Chantons, formons pour luy les plus charmans concerts,
Chantons, portons son Nom au bout de l'Univers.

On danse.

TROIS PLAISIRS.

Qu'il est doux de vivre
Sous un si grand Roy!
Qu'il est doux de suivre
Sa charmante loy!

PREMIER PLAISIR.

Les Dieux l'ont fait naître
Pour nous rendre heureux,
Quel aimable Maître!
Puisse-t-il un jour l'être
De nos derniers Neveux.

ENSEMBLE.

Qu'il est doux de vivre
Sous un si grand Roy!
Qu'il est doux de suivre
Sa charmante loy!

DEUXIE'ME PLAISIR.

Sur sont front éclate
La douce gayté;
Tout ce qui plaît, tout ce qui flate
Anime sa beauté.

ENSEMBLE.

Qu'il est doux de vivre
Sous un si grand Roy!
Qu'il est doux de suivre
Sa charmante loy!

TROISIE'ME PLAISIR.

Sa douceur tempere
L'éclat de la Majesté,
L'esprit & la bonté
Forment son caractere.

CHOEUR.

Qu'il est doux de vivre
Sous un si grand Roy!
Qu'il est doux de suivre
Sa charmante loy!

Marche champêtre qui annonce des Bergers.

SCENE DEUXIÉME.

LA JEUNESSE, Bergers & Bergeres de sa suite.

LA JEUNESSE.

DEs Bergers d'alentour une Troupe s'avance,
De leurs accens retentissent ces lieux :
Venez, Bergers, venez, vôtre présence
Embellira nos jeux.

Suite de la marche champêtre.

UN BERGER.

Quel spectacle icy nous enchante !
D'un Prince aimable & gracieux
La présence augmente
La beauté de ces lieux !
Tel qu'une fleur naissante
Son éclat éblouït les yeux.

UNE BERGERE.

Déja par sa bonté nos allarmes finissent,
La douce paix succede à nos malheurs ;
Que nos Hameaux de son Nom retentissent,
Qu'il soit gravé dans tous les cœurs !

CHOEUR.

Que nos Hameaux de son Nom retentissent,
Qu'il soit gravé dans tous les cœurs !

UN BERGER.

Que sous ses pas naissent des fleurs,
Que tous ses desirs s'accomplissent ;
Chantons, celebrons ses faveurs,
Qu'à nos chansons nos Musettes s'unissent.

CHOEUR.

Que nos Hameaux de son Nom retentissent,
Qu'il soit gravé dans tous les cœurs !

Un BERGER, & une BERGERE.

Pour plaire à nôtre auguste Maître,
Unissons nos jeux & nos chants,
Que devant luy viennent paroître
Tous les plaisirs des champs.

On danse.

UNE BERGERE.

Plus ces beaux lieux ont de quoy plaire,
Moins je puis les aimer,
Je crains que mon Berger ne s'y laisse charmer,
Que pour un cœur tendre & sincere.

La Cour
Est un redoutable séjour!

UN BERGER.

Je ne me plais qu'où vous êtes,
Ne craignez rien pour mon amour,
Je vous aime autant à la Cour
Qu'au fonds de nos retraites;
Vous pouvez seule engager
Le cœur de vôtre Berger.

On danse.

UNE BERGERE.

De nos plaisirs rien ne trouble les charmes,
Sans crainte, sans allarmes
Nous y livrons nôtre cœur,
Toûjours aimables,
Toûjours durables,
L'usage même augmente leur douceur.

UN BERGER.

Boccages verds, charmans Aziles,
Sombres Forêts, Vallons délicieux,
Vous fûtes autrefois les délices des Dieux:
Pour vous ils quitterent les Villes,
Puisse LOUIS, *un jour comme eux*
Aimer vos retraites tranquilles.

Symphonie éclatante.

SCENE TROISIÉME.

LA FOLIE, sa suite, & les Acteurs de la Scene précédente.

LA FOLIE.

QUoy! dans ces lieux, on danse, on rit, on chante,
Sans me prier?
GRAND ROY, *l'on veut donc t'ennuyer?*
Toute Fête est languissante,
Lorsque je suis absente;
Il n'est point icy-bas
De plaisirs où je ne suis pas.

La raison n'est que mélancolie,
Sans la Folie
Les Jeux n'ont point d'appas;
Il n'est point icy-bas
De plaisirs où je ne suis pas.

On danse.

Un FOL, & une FOLLE.

ENSEMBLE.

Toûjours folâtrer, toûjours rire,
O le charmant délire !

LE FOL.

Que les Fous sont heureux !
Contens dans leur douce manie,
La crainte, l'espoir, ny l'envie
Ne troublent jamais leurs vœux,
Les plaisirs de la vie
Ne sont faits que pour eux.

LA FOLLE.

Vous êtes fait exprés pour plaire.

LE FOL.

Vous avez mille appas.

LA FOLLE.

La beauté la plus sévere
Ne vous resisteroit pas.

LE FOL.

O le beau visage !

LA FOLLE.

O l'aimable jouvenceau!

ENSEMBLE.

Plus je vous vois, plus je m'engage.

LA FOLLE.

Plus je vous vois, plus je vous trouve beau.

ENSEMBLE.

Le ſot perſonnage
Que celuy de Sage !
Le ſot perſonnage !
Il n'eſt bon à rien.

Quel eſt ſon partage ?
Un ſombre maintien,
Un morne entretien.

Le ſot perſonnage
Que celuy de Sage !
Le ſot perſonnage !
Il n'eſt bon à rien.

On danſe.

LA FOLIE.

Dans mon aimable empire
On ne songe qu'à rire.

C'est le vray séjour des plaisirs,
Avec moy tout enchante:
Venez, Jeunesse charmante,
Vous livrer à tous vos desirs.

Dans mon aimable empire
On ne songe qu'à rire.

Symphonie douce.

SCENE QUATRIÉME.

LA SAGESSE, LA JEUNESSE, LA FOLIE, & leur suite, BERGERS & BERGERES.

LA JEUNESSE.

MAis quel Objet frape ma vûë?
Que vois-je? O disgrace imprévûë!
Que fait la Sagesse en ces lieux?
Vient-elle interrompre nos jeux?

LA SAGESSE.

Je ne puis sans courroux souffrir ce qui s'y passe,
De vains plaisirs remplissent les momens
D'un Prince, dont je dois occuper tout le tems:
Fuyez, & me cédez la place,
Inutiles Amusemens.

LA JEUNESSE.

Tu viens trop tôt, importune Sagesse,
Tu n'es pas de saison, attens,
Tu vas avoir ton tems ;
Mais laisse à la Jeunesse
Encor quelques instans.

LA SAGESSE.

Quoy ! la Folie....

LA JEUNESSE.

Eh bien, il faut te satisfaire,
Tu veux la chasser, j'y consens.

LA SAGESSE.

Ce party seul pouvoit me plaire,
Je ne m'oppose plus à vos jeux innocens.

On chasse la Folie.

Profite, AIMABLE ENFANT, *des plaisirs de ton âge,*
Ils vont bien-tôt finir pour toy :
Quand tu sçauras ce que c'est qu'être Roy,
Tu voudras l'être sans partage.

Profite, AIMABLE ENFANT, *des plaisirs de ton âge.*

On danse.

Tandis que consacrant ses soins à tes Etats,
Un Heros affermit, soûtient ton Diadême;
Conduit par des Mortels que j'ay formez moy-même,
Ton cœur de la vertu cherissant les appas
Sera plus grand un jour que ta Grandeur suprême.

J'ay pris soin de leur enseigner
Le chemin qui mene à la gloire:
JEUNE HEROS, *pour bien regner,*
Il te suffira de les croire.

CHOEUR.

Son Regne nous promet le destin le plus doux,
Qu'il vive, c'est assez pour nous.

Que des bras de la Victoire
Il vole dans ceux de la Paix,
Qu'il réünisse à jamais
Les Plaisirs avec la Gloire.

On danse, ensuite le Chœur repete.

Son Regne nous promet le destin le plus doux,
Qu'il vive, c'est assez pour nous.

FIN.

www.ingramcontent.com/pod-product-compliance
Lightning Source LLC
Chambersburg PA
CBHW070545030726
47505CB00001B/161
9782013527637